Om vintern i Antwerpen

MAURICE GILLIAMS

Om vintern i Antwerpen

Översättning och kommentar
Per Holmer

CKM FÖRLAG

Tidigare utgivning på svenska:
Elias eller Kampen med näktergalarna (CKM Förlag 2011)

Första utgåvan 1953
Originalets titel: Winter te Antwerpen

Flemish Literature Fund

The translation of this book is funded by the Flemish Literature Fund (Vlaams Fonds voor de Letteren – www.flemishliterature.be)

Översättning från nederländska Per Holmer
Omslagsfoto: Per Holmer

Svensk utgåva: Om vintern i Antwerpen

CKM Förlag, Box 49109, 100 28 Stockholm
Tel 08-651 39 70, info@ckm.se, www.ckm.se

Tryck: Instant Book, Stockholm 2013
ISBN 978-91-7040-113-8

TILLÄGNAS MARIA ELISABETH DE RAEYMAEKERS

Det är icke för världen jag beder,
utan för dem som du har givit åt mig,
ty de äro dina.

JOHANNESEVANGELIET

I

Jag hade tillbringat vintermånaderna på lasarettet. Milt nedsänkt i den ena dvalan efter den andra kom sjukrumsväggarna att bli mig ett tryggt bålverk där man sov de odödligas sömn.

Av och till blev jag väckt av en häftig smärta, och då kändes det som om flera år hade hunnit förrinna under tiden. Men när jag, i möjligen väl osammanhängande ordalag, gav uttryck åt min förundran över den besynnerliga sinnesstämning som jag plötsligt fann mig försatt i, var det ingen som förstod mig. Lika oprecist satte jag i efterhand ord på en smärtförnimmelse som tycktes vållad av ett slags självlysande, djupt snittande glasskärva. Då tvingades jag genast och utan omsvep gå i svaromål mot omgivningens älskvärda men oluttrade ironi: önskade jag måhända ”omvandla min plåga till ett konstverk”? Ty så som jag nu prisgav min oefterhärmliga liknelse åt de andras skapande fantasi, för att åstadkomma en ackurat beskrivning av en ytterst skarp smärtförnimmelse, var det fullt möjligt att jag hade mina kommande skrifter i åtanke i och med att jag så minutiöst återkallade den utståndna pinan.

Tillnyktrad efter en sådan kränkande om än kärleksfullt

menad sanning, sporrades jag mer än någonsin att fördjupa mig i mysteriet som danar en konstnär, denna iver som uppfyller honom under jakten på det enda sanna uttrycket för den enda sanna förnimmelsen. Då drog jag mig till minnes en vers av Karel van de Woestijne, som jag ansåg förtydliga min tankegång. Men till och med den unika omedelbarheten hos detta hemliga språk gick över huvudet på omgivningen.

Diktaren sitter vid en mans dödsbädd. I den ”outgrundligt fria” natten känner han blicken ”breddas”; där finns ”inget ljus som uppväcks ur ögat”, och som om hans mest avlägsna minne nu fröjdade sig åt ett ”återutlovat” förflutet får skaldens egen dödslängtan en bismak av salighet:

> Du bränner mina ögon slutna, du bränner mina ögon
> öppna, o Vaka, och där febern sällt hamrar mot tinning,
> skådar jag ned i djupet av mig själv, och styr jag mitt hopp
> mot en likaså vacker sömn.

Med detta förment fördrömda, det vill säga ”konstnärliga”, exempel ville jag göra klart för läkaren på vilket sätt diktaren önskade få vissa fysiska och andra förnimmelser att bokstavligen *närvara* i verserna, han anspelade inte på smärtan genom att enbart meddela eller beskriva den. Varför skriver han, till synes med flit, ”tinning” i stället för ”tinningen”, trots att det metriskt sett då blir en stavelse för litet i versen? Jag upprepade, tyst för mig själv: *och där febern sällt hamrar mot tinning...*, vilket i själva verket var i samklang med en väl förtrogen och identisk egen sinnesförnimmelse som, via någon annans dikt, gjorde mig mogen och mer mottaglig för *min* personliga erfarenhet. Men den hamrande febern skulle inte ha fått sitt naturliga uttryck i versen, om i stället denna enda, må tyckas omistliga men här i själva verket mirakulöst organiskt nödvändigt frånvarande, stavelse också den hade flödat ut ur mästarens penna. Och med milt eftertryck i stämman gjorde jag ännu ett försök att förmedla den gåtfulla verkan av starkt och mindre starkt betonade stavelser till mina åhörare. Vad som då for genom huvudet ville jag dessutom fästa på pränt. Mina skrivdon brukade ständigt vara på drift när jag å det snaraste behövde dem. Till slut räckte syster över min blyertspenna och anteckningsblocket. Men *under skrivandets gång* såg jag allt som jag dittills hade lyckats fundera ut genast förvandlas till något helt annat än vad jag nyss rättframt vågat önska mig.

II

En alltigenom fysisk, djuriskt instinktiv fasa föregick varje ny kris jag genomled; då trodde jag alltid att jag skulle mista far. Den känslan var jag väl förtrogen med sedan gammalt, även om jag aldrig någonsin tidigare hade lidit av just den här sjukdomen. Som barn fick jag ofta ligga i ett dunkelt gemak med iskalla tygstycken virade runt pannan. Hösnuva och migrän bestal mig på dyrbara år. Jag förlöstes ur ett slags andnöd och hamnade i stället i en annan, och försmäktade ständigt i en odör av örtavkok och illaluktande läkemedel. Jag befann mig jämt ”ute till havs”, som moster Theodora kallade det, antagligen för att jag alltid brukade kräkas upp varje ny tugga eller klunk. Och min avundsvärda självständighet: hade jag inte lojheten som alstrades av lidandet att tacka för den? Det är med andra ord föga överraskande att plågorna omsider ledde in i en stolt och vemodsfylld ensamhet, där jag i anden förblev ouppnåelig för alla och envar som ägnade mig sina ömma omsorger.

Då jag påträffade mor i fåtöljen framme vid fönstret visste jag ännu inte det ringaste om vilka pinor som hon tvingades utstå. Hon höll bägge händerna mot sin ömmande buk. Även i mina tidigaste minnesbilder är håret gråsprängt; de saktmodiga ögonen, aldrig i vila, tycktes ständigt redo för nya strapatser. Vid första anblicken skulle man kunna tro att hon, i och med att hon aldrig någonsin förunnades att drömma ut sina drömmar, blev dödligt kränkt av alla dagliga bekymmer. Men vad räknas som dagliga bekymmer för den som ideligen måste fatta beslut och skrida till handling i hemmet? Och vad vill värnlöshet säga, för den utomstående betraktaren?

Jag stegade oväntat in i sängkammaren. ”Kom hit en stund, gosse”, sade hon enbart för att avleda min förvåning. I klädskåpets spegeldörrar var vi två innerligt förbundna gestalter: jag i svart förkläde med vit, styv Etonkrage och hon i resedafärgad klänning med malvalila blomrankmönster. ”Titta”, sade hon vänligt, ”titta så fint vi passar ihop.”

Hon berättade om sköldpaddan som måste ha blivit urgammal. Trots att morfars fars trädgård, på den då för tiden klosterlikt stilla Herentalsestraat, låg helt och hållet innesluten av en mur som skilde den från de angränsande arrendefastigheterna, tog man för givet att sköldpaddan var borta för alltid. Man hade döpt den till Napoleon och namnet stod inbränt i skalet. Den sågs inte till bakom en enda buske, och inte heller i någon vinkel eller vrå av paviljongen som man låtit uppföra av knotiga trädstammar och där man brukade dricka te om somrarna. Sköldpaddan fanns ingenstans. Men gång på gång, likt då en lyckobringare blir uppväckt ur vintersömnen, kröp den tillbaka mitt ibland människorna. ”Lilla sköldpadda”, mumlade mor fördrömt och fortsatte sin berättelse. Hon tryckte mjukt mina fingrar mot sin egen alltför varma handflata, så att jag fick för mig att jag tog emot ett smeknamn som verkade som balsam för mors fantasi.

Far gick helt annorlunda till väga då han betygade mig sin ömhet. För att härda min uthållighet begav vi oss, trots att mor var emot det, hemifrån och ut på flera timmars lång och utmattande promenad. Likt två bökande mullvadar i sin trivsamma labyrint genomkorsade vi staden i samtliga väderstreck.

På Jezusstraat, Lange och Korte Nieuwstraat, Paddengracht och Oudaan stod telegrafstolpar planterade i trottoarkanten, och där i det sträva, avbarkade trävirket surrade oavbrutet en ande som kommit flygande ur mörkret; då vinden blåste upp tjöt en än mer högljudd veklagan från fängslade böhmiska prinsessor i de spända telefontrådarna. På Twaalfmaandenstraat, framför trappan där vi brukade kliva ut från Börsen, hade stenläggningen sackat ihop. Så snart det hade regnat brukade vi påträffa en bred vattenpöl, som aldrig gick under annat namn än ”Marmarasjön”. Där fick vi lov att korrigera kursen, eftersom det krävdes ett under av skicklighet för att ta sig torrskodd över. Och vi hann knappt beträda Huidevettersstraat, förrän jag med bultande hjärta började längta vidare till Lange Gasthuisstraat, för att slutligen, via Boogkeers, nå fram till karmelitersystrarnas lådliknande ordenskonvent på Rosier. Där satt kväll efter kväll i augusti månad en gnisslande syrsa i skydd av en brinnande lykta. Man såg den aldrig, men kunde redan på håll uppfatta hur den vässade sin lilla kniv. Jag lyckades med nöd och näppe lägga band på mig; skälvande av spänning ställde jag mig under lyktan och lyssnade med slutna ögon. Men dylika ting måste jag lära mig att snappa upp förstrött och helt i förbigående, utan att öppet förevisa min salighet. Därför dröjde far och jag inte kvar, trots att det var för syrsans skull som vi hade valt just den promenadvägen.

När dimman trängde in hemma på bakgården och stenpumpen med sina barockornamenteringar och bronslejonkäftar tycktes sväva som i en dröm, tågade vi ned till Varvet. Där brukade man stöta ihop med sällsamma vandrare som hade undflytt hemmets lugna vrå för att, som främlingar sida vid sida, stillatigande blicka in i dimman.

Så länge överfarten med färjan – som förband Vlaamsch Hoofd med kajen i Antwerpen – varade, klämtade larmklockan för att visa farkosten vägen över Schelde. Den röda fackelglöden satte den filtlika aftonhimlen i brand. Och med jämna mellanrum utstötte färjan en brummande signal – likt då ett budskap ofördröjligen bringas vidare i en orolig sömn.

Till slut lyckades man urskilja skeppslanternorna. Först då blåstes facklan ut och tystnade klockklämtet. På en ström av olja kom det suddiga fartyget lojt drivande, med skovelhjul som hade slutat mala runt i vattenbruset. Men för ett spänt uppmärksamt öga tycktes den väldiga massan inte röra sig vidare, utan i stället vi själva sugas emot den, så att allt som jag nyss hade varit så fäst vid med mina sköraste fibrer började vackla bakom ryggen.

Medan jag sökte urskilja talande och verkliga former i dimman hade far obemärkt lämnat mig åt mitt öde för att leka kurragömma. Under tiden sänktes färjans tunga fallbryggor och det hördes en duns. För att inte förlora någon tid hade man puttat dittills osynlig, råmande nötkreatur uppför den sluttande flottbron. Överlastade knarriga lastkärror från Waaslandet, som spred en sur jästlukt, satte sig sakta i rörelse; det hördes ett klapper av hästhovar mot angöringsbryggans träbrädor. Draghundar gnydde och skällde. Piskor klatschade. Jag fattade ett stadigt grepp om järnräcket längst ut på kajen. Och medan jag stod där och lystrade med alla porer på vid gavel, blev jag plötsligt på det klara över att far var borta. Inte ens hans skugga syntes till. Ty liksom vatten flyter bort i vatten, försvann våra rörelser in i dimman utan att vi efterlämnade minsta ledtråd till den andre.

Jag spanade kors och tvärs, en vanvettig oro kom över mig medan jag travade upp på det lilla torget där källarvalven från de rivna fastigheterna utmed forna Schip- och Appelstraat ligger begravda. Jag styrde stegen mot Suikerrui för att därifrån hitta vägen hem. I fantasin kunde jag etsande klart se vårt runda bord omgivet av sina stolar med olivgrön sammetsklädsel. Mors hand försvann in med en brinnande sticka under porslinskåpan för att tända fotogenlampan. I samma ögonblick som vår trygga salong trädde fram för mitt inre stegade jag rakt in i ett träd på Steenplein. Strax efteråt spärrade, lika oväntat, ytterligare ett träd min väg. Och i en tillspetsad känsla av övergivenhet gastade jag högt och ljudligt ”far!”, blott några sekunder innan jag lyftes upp av två kärleksfulla armar.

Så kom vintern.

En afton på vägen hem till Kipdorp kom vi åkande i hyrdroska med min sjuka mor genom den trånga passagen på Wijngaardstraat i riktning mot Hendrik Conscience-plein. I skenet från vagnslyktorna kunde vi urskilja kusken uppe på bocken med en filt runt de breda höfterna. Det hade snöat. Vår mödosamma färd tycktes utan ände. Själv satt jag salig och varm mellan föräldrarna och hörde snön knarra under hjulen.

Ett ryck i tömmarna tvingade hästen att plötsligt göra halt. En helvetisk blåsfanfar, av ett slag som endast drog fram längs gatorna i en rebellstad som Antwerpen, och under dessa sedan länge flydda år så kunde göra i både tid och otid, närmade sig i motsatt riktning. Oset av brinnande fotogen trängde in i vår sammetsklädda kaross. Strax skulle far skjuta upp fönsterluckan och barnsligt road sticka ut sitt huvud. Men innan han lyckades strömmade ett tätt myller av kroppar, marscherande i takt, förbi på ömse sidor av fordonet. Våra ansikten lystes upp av fackelglöden. Vi hörde hårda föremål bankas mot ytterväggen, och vid ett par tillfällen var det någon som drämde hatiskt med en rejäl knytnäve.

I en vanmäktig åtbörd lade mor armen om min hals. Hon fruktade att vi skulle vräkas hals över huvud tillsammans med fordonet eller någon sticka in en brinnande fackla. Man bar förbi fladdrande lågor på höga käppar; mässingstrumpeter, trummor och cymbaler frambringade ett uppproriskt larm, som ytterligare förminskade vår redan lilla värld och hotade den med undergång. Mina nerver spändes till bristningsgränsen. Jag skakade av mig björnfällen som täckte våra ben och gjorde mig redo att möta våld med våld. Jag blev inte skrämd.

På sedvanligt sakligt maner lät far undslippa sig att ingen av oss båda, mor och jag, hade fattat vad det rörde sig om.

Då, runt mitt åttonde år, bar han ännu en förnäm homburghatt, av samma modell som den brittiske statsmannen Winston Churchill av och till brukar sätta på hjässan. På somrarna blev det en ljusgrå i samma fason. Först någon gång runt 1913 lät han sig motsträvigt omvändas och bar hädanefter en blygsam kubb. Han hade aldrig ens en cent i fickorna, utan enbart portnyckel, en näsduk, tobaksdosan och en eller två pipor jämte tändstickor. Plånboken med frimärken och visitkort lämnade han hemma. Armbandsuret låg år efter år i en låda i bokskåpet, tillsammans med ett hoprullat diplom och ett litet skrivhäfte med bruna pappärmar, där nyförvärven till biblioteket fördes in. Om man vred upp uret med några försiktiga drag väcktes det genast ur sin vila. Jag sköt in lådan. Tickandet, raskare och mer musikaliskt än lätet då husbocken gnager sig igenom trä, gick fortfarande att uppfatta, på vilken skåpgavel jag än tryckte örat mot panelen.

Redan under vägen till mina första skoldagar stegrades skräcken att mista far bit för bit till en tvångstanke. Vi vandrade längsmed Leopoldstraat. Några meter ned i djupet bredvid trottoaren, bakom en stenbalustrad, sträckte Botaniska trädgården ut sig i mörkret. Om jag väl vågade tränga in där, nu då de båda järngrindarna var låsta, skulle jag sjunka bort som i ett dystert träsk; jag skulle aldrig någonsin vända tillbaka. Där blev man fylld av fasa även i dagsljus: varenda planta tycktes skuffa en annan åt sidan, varenda ört som skjutit upp ur marken var så nyckfull och finlemmad till formen att det förde tankarna till när en smärta blir synliggjord. Därtill kom alla hemlighetsfulla fläckar, inte större än näsdukar, där det stack upp små skyltar med lärda latinska namn. Där syntes aldrig minsta lilla grässtrå. Så till slut brukade jag, med ett stelt utsträckt pekfinger, borra mig ned i marken på jakt efter en vildvuxen närvaro som inte vågade träda i dagen av egen kraft. I stället träffade jag på en ruggig, sumpig kyla. Hela mysteriet blev än mer kusligt, då far till råga på allt lyckades lura i mig att Sinterklaas en gång om året spisade kvällsvard inne i trädgårdsmästarbostället, innan han, grensle på sin åsna och åtföljd av en svart dräng, red åstad över stadens hustak.

Varför ställs barnets fantasi genast inför så svåra nötter att knäcka? Ute på sen kvällspromenad med far får jag i hjärtat av Antwerpen syn på en liten lantvilla som tagen ur en saga, med torn och vindflöjel, balkong och fönsterluckor i trä, små blyinfattade rutor och taket format som en struthatt. Alldeles intill reser sig lasarettets arkitekturlösa, breda murytor med fönster som utklippta rätvinkliga hål i en pappkartong. Så tidigt de där inne har gått till sängs. Några enstaka påvra lampor, som här och där står alldeles tätt intill rutan, tycks invänta den oändligt fjärran morgonen. Ett vitt ångmoln slinker ut ur ett rör i murgaveln. Men varför, i en plötslig besinningslös fasa, fattar jag tag i fars arm?

Som jag redan har antytt var jag ett oerfaret barn som inte hade utstått några andra prövningar än sjukdomen. Jag gjorde mig otaliga vanföreställningar. Alltför tidigt och alltför ensidigt blev jag hänvisad till äldre människor. En ansenlig del av dessa personers förflutna kom jag att införliva med min enskilda verklighet, något som inte längre går att särskilja från mitt eget oförfalskade förflutna, varför jag tror mig minnas tidigare tilldragelser än vad som är sannolikt vid min ålder. Och eftersom jag redan som barn lärde mig att i det lilla som lämnats kvar åt mig hålla av allt som gått förlorat, kom jag att känna samhörighet med någon sorts omhuldad och förhärligad livsleda som mina blodsförvanter svepte om sin förlorade ställning. Under givna omständigheter är det inte ovidkommande att åtminstone i förbigående nämna att man i min uppväxtmiljö hade ytterst vaga föreställningar om kommunala lasarettsinrättningar. Dit vände sig skomakarhustrun som ville bli kvitt sina krämpor. Det var stor synd och skam. Som om hon i och med detta hade sänts iväg till något slags ärelös förvisningsort, förbarmade man sig över de kvarblivna småttingarna. De fick komma och bo hemma hos oss, blev extra tvagade och kammade, fick låna mina nytvättade och pressvecksstrukna förkläden och vi lekte tillsammans utan att i alltför stor utsträckning förundra oss över varandra.

Jag klev in i det lilla sjukrummet på en dyr klinik och fick se mor ligga liten, ynklig och undergiven med ett bröstförband som blodet hade blött igenom. Jag förstod mig inte på detta jämnmod, som vida övertrumfade min egen upproriskhet. Hos mig kunde hon uppfatta det enda brusande som hon ännu ägde. Omsider fick jag känna hur hon dog i mina armar, men då skedde det i hemmet och i fars närvaro. Just i det ögonblicket var vi tre vidöppna fönster mot den annalkande gryningen, innan ett av dem drogs igen och täcktes för med smärtans blinda murverk.

Under lasarettsvistelsen hade jag blivit på det klara med hur enkelt och rofyllt självmant pinan får ett mål och en mening; den blev till ett stycke skapande vetskap och jag uppfattade den inte längre som en skamfläck på min existens och ett hinder för mitt dagliga värv. Och även när flera ansikten samlades runt sjukbädden, var *jag* den mest fjärrskådande av oss alla, eftersom jag kunde sätta värde på mitt tillstånd som om det i själva verket vore en ynnest. På söndagarna kom far och satte sig intill mig, han klampade in direkt från kylan, med rimfrost i mustaschen. I den uppgivna blicken stod skrivet att *han* hade velat ligga där i mitt ställe, i samma slags grova linnesärk som man brukar trä på den som ska hängas. Och vad rörde sig mer under den tunga hjässan, inuti hela hans utåt sett tillknäppta hertigen av Alba-uppenbarelse? Under våra promenader, för åratal sedan, brukade han hela den långa vägen om vintrarna röka en pipa, där jag med jämna mellanrum kunde värma mina stelfrusna fingrar. Och allt som oftast hade vi med oss en brevbunt att dela ut på den dystra Valkenburgstraat, där friden blev störd av antingen förvildade katters ylande eller tuppen som gol alldeles för tidigt. De kala träden susade ovanför trädgårdsmurarna och där fanns på sin höjd tio hus. Jag släppte kuverten till marken genom ett bottenlöst brevinkast. De kanade iväg utmed golvet, i en blind flykt långt in i tamburen, eftersom jag lyckades sätta ordentlig fart på dem. Så trängde de sig på i den främmande bostaden, som förblev ouppnåelig för mina äventyrliga önskningar. Liksom ibland hemma hos oss kanske ett lås for upp i den lystrande nattfriden, även om ingen ville se efter vad som var som var å färde; i så fall skulle våra brev likt läskpapper som suger upp fuktdroppar sörpla i sig fasan så att den var spårlöst borta när man väl öppnade dem dagen därpå.

Efteråt slöt jag mina ögon och låtsades blind medan jag traskade vidare med ostadiga, en smula överdrivet utdragna kliv; och snart nog måste far fatta tag i axeln och tvinga mig hålla kursen för att inte stöta in i husgavlar eller trädgårdsmurar och göra mig illa. Jag höll bägge armarna stelt utsträckta. Jag hade tagit av mig handskarna och stoppat dem i rockfickan. Allra först landade snöflingorna på handflatorna, där de en efter en sprack i sär och delade ut en kall kyss. Sedan förvandlades de i all hast till små bevingade duniga kroppar som jag fick mig till skänks och, eftersom jag inte hade bett om det, fick hjärtat att bulta snabbare. Jag kan nämligen inte gå något till mötes som inte samtidigt rör sig emot mig. Lika fullt längtar jag ständigt, stund för stund och med häftigt stegrad iver, efter allt detta som jag blir förvägrad. På så vis har jag tvingat det att självmant komma till mig. De främsta av de gåvor som jag på så vis fått ta del av har alltid grundat sig på ett i förväg genomtänkt fritt val. Ty jag har eftersträvat det ouppnåeliga, som då man under en enda mättad sekund kupar sina fingrar om en fågel som blivit bortrövad ur redet – för att sedan lika hastigt *av fri vilja* mista den på nytt.

III

Nu då den tunga lasarettsporten hade slagit igen bakom mig, kunde jag återvända till min gamla värld.

Den kalla vinterluften, som jag drog i mig med giriga, djupa andetag, höljde hjärnan i dimma, eller var det efterverkan från en medicin som gjorde mig så yr? Allt som jag, såväl inom som utom mig, för ögonblicket tyckte mig bli varse, omsatte jag i både känslan och tanken genast i ord, liksom kompositören känner och tänker i toner och målaren gör det samma i färger. Och hur osannolikt det än må verka: *jag förmådde inte uttala orden.* De var helt och hållet (alltså inte lika mycket som) jag själv, på samma sätt som jag själv var helt och hållet (alltså inte i) dessa ord. Och jag började betvivla att de någonsin skulle kunna nedtecknas lika påvra och glanslösa, lika gråtunga och eldhärdiga, som myten om stenarna i den uttorkade flodbädden.

Som en följd av min bräcklighet och långa vistelse ”innanför murarna” hade jag vant mig av från somliga dofter i yttervärlden; sålunda brukade jag exempelvis när vänner kom på besök retas av den dävna odören av släckta cigarretter från deras brunrökta fingrar. Med klädesplaggen förde de med sig något surt och beskt från härsket regnvatten, som for likt en rysning längs min ömma ryggrad. Och lika litet kunde jag fördra deras tjocka, mörka vinterrockar invid min vita bädd; de var obeständiga fläckar som inte lät sig sammankopplas med något av det som omgav mig och som vid blotta anblicken gjorde mig både vimmelkantig och illamående. Nu när jag hunnit bli väl förtrogen med de nakna väggarna och sköterskornas vitblanka förkläden och hättor, mattade färgerna ut mig på samma vis som vissa dofter kan göra även då de till synes inte nämnvärt besvärar andra.

I takt med att krafterna tilltog, medan jag ännu låg fjättrad vid sjukbädden, steg en glödande längtan efter Schelde, efter vattnets kluckande mot kajerna och skeppsskroven, som är en rimlig förklaring till min fanatiska bindning till Antwerpen. Och ack så lycklig jag kunde vara i den lilla drömcellen med vitkalkade väggar, som jag i fantasin tog för min egen jordiska vistelseort – trots att jag snart nog insåg att den i själva verket var obefintlig i mitt eget hem. Det upptäckte jag redan under pojkåren, vid ett besök på Steenmuseet, då vi mållösa ställde oss och spanade ut genom det högt belägna lilla fönstret mot Scheldeströmmens vindlingar borta i fjärran. Och där stod inte heller min egenhändigt tillverkade skrivpulpet, i stället hade man skjutit fram ett rankigt bord till fönstret, där den ensamme mannen som satt och åt sin smörgås på inga villkor kunde vara far.

Jag vandrade vidare en lång stund och blickade tillbaka in i mig själv.

Jag fick se far sitta och vänta på mig. Vad den grånade och

av livet härdade mannen är stursk, stark och valhänt då det gäller ting som skänker ljus och värme. Hur många dagar har hunnit förflyta sedan han senast tände en brasa? Han märker tydligen inte av någon kyla; han tycks vårda sin föregivna liknöjdhet. Och även om han så må lyssna till sin egen andhämtning under den tysta och tålmodiga väntan på att jag ska anlända, är det inte han som yttrar det första ordet då jag väl kliver in i salongen. Han knappt ens noterar det och ger bara ifrån sig ett intetsägande brummande. Så snart jag knäpper på lyset tar han fram en packe tummade spelkort och börjar lägga en patiens; timme efter timme hör jag som ett klatschande av små läderflikar mot den nakna bordsskivan, och manin tycks aldrig se något slut så att jag i lugn och ro kan få samla tankarna. Min hemkomst från lasarettet lär inte skilja sig från tidigare gånger. Ty i samma luft som han andas in, hör far mig ta itu med allsköns brådskande, husliga bestyr som inte låter sig förhalas. Det räcker gott för honom, han blir rofylld; vi slipper ödsla fler ord.

I och med att mor måste lämna oss förändrades allt. Stolarna är inte längre livlösa möbelstycken, som låter sig ställas ned var som helst. De är ständigt närvarande vittnen till vår svunna hemtrevnad. Vi ser inte gärna att de rubbas från sina invanda platser och ordningen i rummet blir en annan än den som blev skapad av hennes händer. Vi står inte ut med att våra tallrikar, gafflar, skedar och knivar under gällt slammer görs rena av främmande händer. Hädanefter vill vi själva ombesörja allt i hushållet, och "det" går aldrig över.

Vi har fullt upp med hinkar och skurtrasor, tvättsvampar och dammdukar. Under tiden ler vi förnöjsamt åt våra fröjdefulla minnesbilder, där *hon* ännu dröjer sig kvar. Genom fönstret in mot gården blickar vi ut över vittrade murar, tak och lutande skorstenar; från våra sovrum kan vi se Sankt Jakobskyrkan dagligen skifta färg med taknockens duvor på rad likt sörjande hökar, som vi aldrig mer vill mista. Vi lutar oss fördrömt ut genom fönstret så snart aftonfriden har lagt sig och omtöcknar allt levande. Oset från de regnvåta gamla takpannorna erinrar oss om lukten av härsket blod, som då mor gick bort. Likt ett läte av ylande forntidsmonster kommer sirenbrummet från fartygen på Schelde blåsande över de sovande husen. Någonstans, satt i rörelse av vinden, tickar ettrigt en lossnad järntrådsände mot ett ihåligt stuprör. Omärkligt skrider tiden sin gång, men för oss må natten gärna vara i åratal medan vi lyssnar till "hur ont det gör".

Han sover i gårdsflygeln; jag hör far fylla tvättfatet. Som i forna dagar, när mor ännu levde, tänker han tvätta händerna innan han går och lägger sig. Jag står och iakttar honom, utan att fundera närmare på varför. Han är gammal. Han lägger byxorna över en stol, strumporna faller i golvet. Likt en fumlig parvel tar han sig upp med händer och knän i den gammalmodigt höga bädden, den smala gumpen ser löjlig ut i den långa åtsittande nattsärken, och så nyser han. Sedan dimper han lojt ned på sidan och kränger sig halvvägs in under filtarna. Han blir liggande vaken med vidöppna ögon. Lyset brinner.

En timme senare betraktar jag honom åter igen genom mitt fönster; då ligger han med gosseblick så skinande klar och stirrar upp i taket och alla timliga föremål omkring honom har mist sin förgängliga sannolikhet. Under den stora, tunnhåriga hjässan har tankarna gaddat sig samman, likt kristallkulor, och är så hårda att skallen värker. Han lägger sin rosa lilla hand mot den glödheta pannan. Han rör sig inte mer.

På samma bädd där mor låg utsträckt i evig sömn vilar nu far. Han har varit en osedvanligt driftig karl, och haft få praktiska krav på mig. Än i denna dag vill han ta sig en kvällspromenad på flera timmar; man är tvungen att lyssna på hans berättelser om ett svunnet Antwerpen och strosa vid hans sida längs Korte Ridderstraat för att beskåda katedraltornet i månsken. På söndagarna brukar han irra runt inne på Plantinmuseet, där det doftar av femtonhundratalets pyrande kättarbål och dödsångest från krucifix i elfenben och trä. Inne i korrektursalen förevisar han åter igen Kiliaens arbetsbord och den nedsuttna bänken där den skriftlärde mannen häckade på sin tid. Han lägger ifrån sig glasögonen på bordskivan innan han snyter sig, förmodligen för att kunna dröja en smula längre, som om han befarade att jag skulle bli otålig och vilja gå vidare. Innanför dessa mångsekelåldriga murar blir man fastnaglad av idel misstro och pådyvlade samvetsförebråelser. Emellanåt är där så tyst att man tycker sig höra sandrasslet från ett timglas som sitter inmurat i väggarna. Men just här, i en plågsam atmosfår av håglös andlig förbittring, försöker far döva sin sorg. Han plockar upp sina glasögon från Kiliaens bord, ser sig omkring och börjar rabbla årtal. För vart och ett som han uttalar tar han omedvetet farväl av tingen i denna värld, av de stumma föremålen, av gångna släktens gärningar och av mig. Han tror sig måla upp det vida berömda Plantinpalatsets historia, men i själva verket smular han sönder dåtida stolta livsinsikter och binder fast dem vid bestämda tidpunkter. Jag följer honom hack i häl från det ena gemaket till det andra. Varje föremål har ända till i dag behållit sin plats i gårdagens damm; det kan inte ens hundra besökare ändra på. Far söker ett hållfäste i de minsta dammpartiklarna och i porerna som står inristade i ekvirket, för att därmed omvandla sorgen efter mors bortgång till ett uthärdligt martyrium.

Ty det allra mest smärtsamma går inte utan vidare att finna ord för: ”Lägg mig barfota i kistan”, viskade hon med påtaglig belåtenheten över hur hennes grymma och tärande sjukdom förlöpte: ”jag vill förgås raskt.”

Jag hade möjligen önskat avkräva henne ett löfte om att inte dö. Jag kände henne i trettiosex år, men till syvende och sist vet jag just ingenting om vem hon var. Det hände sällan att jag själv kysste mor i pannan, och lika fullt längtar jag hem till moderskyssarna.

Far satt hemma och väntade på mig. Varje söndagseftermiddag promenerar han till kyrkogården, beväpnad med en vass och behändig sax för att beskära de yppigt frodande ligusterbuskarna. Han tror sig kunna hålla dem i styr med ett skinande skarpt verktyg; här och där klipper han av några kvistar, så många han väl kommer åt. Men nu, då jag stod framför mors grav, började jag fråga mig själv: uppfattar far i själva verket den starka, uppåtsträvande naturens tillväxt i dess helhet? Är den inom räckhåll för hans skälvande, känslosamma händer? Är han vid sin ålder ännu förmögen att stävja den överdådigt spretande plantans iver? Han kan dö i morgon. I så fall kommer han att begravas på den här stilla plätten invid mor. Och för att kunna lägga honom i graven blir jag tvungen att rycka upp hela växtligheten ur jorden, som om den inte längre besatt något värde. Sedan kommer andra ligusterbuskar att planteras, som jag i min tur kan hålla i styr med en skinande sax och mina bedrövade händer. Tills de rycks upp med rötterna och avlägsnas, för att lägga ned mig i graven invid föräldrarna. Sedan kan den fullständiga förvildningen ta vid.

Jag stod och stirrade på den vita markfläcken. Jag hörde stojande barnröster från den närbelägna klosterskolan. Jag hade inga barn, som kunde bära mors förnamn. Och jag ville blott säga henne följande: hit har jag äntligen återvänt efter lång bortovaro. Men tydligare än snön där mina fötter stod spårade hon min kroppsvärme, och trots att jag försiktigt hade stött till gravstenen med ena skon behövde inte hon i sin tur svara med en lika försiktig stöt för att få mig att känna hur hon vaknar upp och åser mig under tystnad.

Hon lärde mig be. År efter år gick det allt trögare, som

när ett kuggverk börjar kärva och till slut stannar upp helt och hållet. Min egen kristendom innebar varken mer eller mindre än ett plikttroget, invärtes självplågeri som höll samvetet rent. Jag nystade upp mina egna, fördolda, högsta önskningar och ville observera mig själv inifrån, under en fas av livet då gossar som regel brukar gasta för full hals åt minsta småsak. Utåt sett ägnade vi oss åt ungefär samma lekar, utom de gånger då jag på grund av min fysiska otillräcklighet blev utestängd från de andras fröjder. Ingen av dem ställde sig någonsin frågan: ”Vad kan ligga bakom att jag har lust med somliga ting medan andra fyller mig med motvilja? Varför fattar jag inte allting på samma sätt som kamraterna? Behärskar jag det ena eller det andra så mycket bättre eller så mycket sämre än de?” Redan i barndomen var de idiotiska ”stenstoder”, de miste aldrig ett uns av sin självbelåtenhet och tog aldrig till sig något av det okända för att möjliggöra ännu större upplevelser.

Vi hade gått in med mor på Botaniska trädgården. Det var en varm solig eftermiddag med kvittrande sparvar. För att jag skulle övervinna min medfödda blyghet blev jag som så ofta förr tvingad att söka kontakt med andra barn och delta i deras lekar. En gosse, utstyrd i schakå med tuppfjädrar och försedd med en träsabel som en kapten, trädde mig karskt mig till mötes. ”Soldat”, sa han föraktfullt och riktade ett missunnsamt pekfinger mot elefantberlocken som dinglade från min klockkedja, ”den sortens löjligheter bär inte mina mannar på bringan.” Hans ord hälsades med ett ljudligt jubel från en upprymd trupp. Man slet av mig elefanten, den gick förlorad i fiskdammen.

Så småningom fick jag magistrar, av dem lärde jag mig ingenting. I bästa fall blev jag föremål för deras loja ömsinthet. Och när jag erhållit oförtjänt goda vitsord, stod alltid mor redo att med sitt nyktra omdöme blåsa omkull självtillräckliga korthus.

I dag hade jag velat säga henne: "Mina känslor och tankar har smält samman till en ädel passion, hädanefter tänker jag övertrumfa min ovärdiga småttighet med en nyväckt illusion." Och då kom jag åter igen att tänka på far: jag skulle aldrig våga låta honom ta del av min spirande förväntan. Han läser och läser om, oförtrutet, såväl böcker som häften om sin stads historia; endast i fjärran flydda tider känner han sig hemma. Snart är näsblödningarna tillbaka. Han avvisar självrådigt all min hjälp, han vill inte bli omvårdad. Han tycks vaka över att jag inte tränger in i hans ensamma tankar, om så blott genom att ta mig an hans krämpor. I en enda andlös klunk dricker han upp ett glas iskallt vatten.

Jag kanske inte längre hyser samma beundran för far som under gossåren. Han begriper inte längre genast mina outtalade syften. Och ingen kärleksfull beröring kan numera uttrycka den enes längtan hem till den andre. Ty det *är* inte möjligt för en människa att förbli oföränderligt den samme efter så många tungt genomtröskade år av både med- och motgång. Det är inte tänkbart att far ska ha förblivit samme man som ägnade en hel söndagseftermiddag åt att, under stolar och skåp, anlägga ett invecklat järnvägsnät genom hela salongen, med tunnlar och broar, så att det bara blev över en fläck för honom att sätta ned foten på. Då mörkret föll började två upplysta tåg fara runt i rummet, och aldrig hinna i kapp, utan bara stryka emot varandra i korsningen, för att sedan med små osande rödgula fotogenflammor skynda vidare i var sin riktning.

IV

Jag gick vilse i en labyrint av nybebyggda gator. Hur många dagar hade förflutit sedan jag lämnade lasarettet? Hur många år? Trots att snön täckte både armar och axlar förblev jag uppvärmd av en stärkande medicin. Jag inbillade mig att jag var en sömngångare, så som jag ideligen hejdade in stegen och skiftade riktning. Men mitt hjärta längtade till barndomens stråt och stigar, där så många ofullbordade önskedrömmar hade dröjt kvar som jag nu hoppades få se samtliga gå i uppfyllelse.

Långt i fjärran drömde den lilla Fredeganduskyrkan, där mor ligger begravd. Där brukade jag, omgiven av gamla riddargods och herrgårdar, mången söndagseftermiddag vandra runt med far, men så gott som ingenting fanns kvar av dessa egendomar som den gången hade frodats i en eftertänksam frid, där livets brådska på hälsosamt vis hejdades upp. Enstaka påvra boställen, inklämda bland den nya tidens skrytbyggen, vittnade om forna dagar, då Theodoor Verstraete på ort och ställe hade målat landskapet som hängde ovanför pianot hos mina morföräldrar: Deurne om aftonen med rödskimrande potatisblastbrasor mitt ute på åkrarna.

Under tavlan i fråga hörde jag moster Henriette spela en

serie osammanhängande ackord på det lätt ostämda pianot. Det syntes spår av stänk från stearinljus på mahognyinstrumentet, men i min fantasi var det de finstilta, gnidande och skärande dissonanserna som efterlämnat sina sår. Under en allhelgonapredikan kom jag att tänka på målningen, då vi fick oss inpräntat att den jordiska eld som vi alla känner enbart må kallas ett *målat* element jämfört med den eviga eld som brinner i helvetet. Att moster Henriette lät sig hämmas av dylika bigotta fantasifoster är inte troligt. Det rörde sig aldrig om mer än fyra eller fem långt utdragna, kvalfyllt tunt anslagna ackord i det sprödaste registret. Hon satt inte på någon av dessa besynnerliga, ställbara pianopallar med plyschsits och breda fransar som alltid kom mig att tänka på en tät, krullig pudelpäls. Moster riktade hela tiden blicken mot tavlan. Hänförd och med bakåtböjd nacke beredde hon sig på att uppfånga ett budskap från landskapet på väggen. Väntade hon att ”något” skulle flyga emot henne, liksom jag själv vid fars hand i gatans kvällsmörker ständigt trånade efter det okända? Överkroppen insnörd i en hög korsett förde tankarna till ett knippe kalla och obrytbara narcisstjälkar, som blomsterhandlaren knutit åt till strama kärvar. Det var som om hon först preludierade sig sjuk med dessa fyra eller fem besynnerligt sammanfogade, inbördes oförenliga, ackord innan hon för några timmar försvann in på sitt eget rum. Lika fullt fick jag höra att moster Henriette inte var musikalisk, förmodligen för att hon aldrig hade lärt sig något om noter och klaver, kryss och b-moll, *soupirs* och orgelpunkter. Moster Theodora hamrade massivt taktfast, så snart hon i sin tur spelade ett *morceau* (*Le petit Carnaval*, *Le Défilé* eller *La Poste*) av L. Streabbog, Antwerpenkompositören från 1800-talet som i verkliga livet hette Jean-Louis Gobbaerts. Hos moster Henriette tänkte man däremot på en saga, som hon sorgset uppmärksam hade stått och lyssnat på utanför dörrar och fönster till gemak där fjärilar både föds och dör.

Vi vistades på mina föräldrars lilla lantegendom, då jag följde med henne till doktorn, någonstans i en gammal fridfull by. När vi anlänt till ett vitt hus lät hon mig sitta kvar i vagnen, och där fick jag vänta i en evighet tills hon åter uppenbarade sig på den lilla trädgårdstäppan bakom det svarta järnstaketet med förgyllda gallerspetsar.

I sakta mak, medan vi i skritt for ut ur byn, gled de sömniga husen förbi. I butiksfönstret hos bagaren låg mjöliga bruna limpor, som påminde om fjuniga ollonborrar av mjölnararten. Hos smeden stod en skimrande vallack inne i hästskostallet, redo för hovslagning. Hos slaktaren hängde silverpappersinlindade prydnadskorvar i trä ovanför en porslinssvan fullproppad med konstgjord mossa mellan sina utfällda vingar.

Moster knakade med fingrarna. Då kunde man ställa in sig på att hon skulle övervinna alla inre motstånd, vilket hon alltid gav till känna med sitt otäcka fingerknakande. Hennes vilja och egenkärlek slöt ett strängt förbund. Det var vanskligt att gissa mot vem eller vad den sårade stoltheten riktade sig, för envar som inte var förtrogen med alla raskt skiftande sinnesstämningar som bringade henne i konflikt med övriga hushållsmedlemmar, allt som oftast rörande saker och ting som hade inträffat för åratal sedan och som vid det här laget blivit bortsuddade ur allas minnen. Då återupplevde hon, utan ett uns av försonlighet, men med hånfull harm och ett slags morsk besatthet, någon orättvisa som hon blev utsatt för under sin fjärran svunna ungdom.

Om jag höll andan och lystrade lät hennes hamrande hjärta som en ettrigt och stötvis knackande knoge mot en spånträlåda. På vagnens främre sittbänk låg moster Henriettes krämfärgade Chantillyspets-halvhandskar nonchalant bredvid ett lindblad. En kam halades upp ur den blåsammetsfodrade dörrfickan, varpå moster började dra den genom mina lockar. Sedan hällde hon en doftrik parfym på näsduken och baddade sina tinningar. ”Lät jag dig vänta länge?” frågade hon med ett blidkande tonfall, trots att jag hade lyckats lägga band på otåligheten. Två purpurrodnader som pressats upp ur kroppens djupaste innanmäte lyste från hennes kinder. Som om hon hade läst mina tankar, tillade hon matt utifrån en ändlöst avlägsen och i åratal mognad melankoli: ”Inte sant, du fick för dig att tant Henriette aldrig skulle komma tillbaka; och hade du inte redan halvt om halvt glömt bort mig?” Med milt förebrående stämma trots det vaga leendet runt läpparna varnade hon mig att ”Elias med tiden skulle betvivla att tant Henriette verkligen har existerat”. Blicken förirrade sig ut, mot ömsom ena, ömsom andra sidan av den dammiga landsvägen. När väl lantegendomen kom i sikte vinnlade hon sig om att hämta andan efter en bottenlöst suckande besvikelse: "Jag börjar faktiskt ta mig själv för overklig", mumlade hon utan att se åt mig, förmanade, halvt ironiskt, halvt envetet fastklamrad vid en dröm om något bättre.

Liksom då vattenprickar sipprar igenom ett valvtak och man inte har en aning om var de härrör ifrån trängde mosters ord in genom mina öron.

Sedan fattade hon lindbladet mellan bägge händernas fingrar och höll det hårt spänt mot ljuset, som om där stod något skrivet, inifrån, och hon ville uttyda bokstäverna. En liten nervryckning särade de blåskimrande läpparna, det oåterkalleliga stod i begrepp att inträffa, nu stundade ett slutgiltigt avgörande vars nyckel moster skulle bära med sig i graven.

Utan minsta läte skars bladet itu. Man hörde ingenting utöver vad som försiggick i den egna hjärnan. Långsamt revs den ena halvan loss från den andra. Bit för bit, fiber för fiber blev det sköra nervverket skändat och ryckt isär. Ända tills skåran nådde skaftets ände och klyvningen var till ända. Jag tog emot ena halvan och lät den blåsa ut genom sidorutan, moster gjorde likadant med den andra. Och mellan dessa båda rester for vi med vår vagn in i en framtid där allt skulle klyvas, rämna och säras.

Snarlika självomtöckningar, som fördunklar och slutligen fullständigt släcker ut livsviljan, satt moster Henriette så gott som dagligen sent på eftermiddagen och nedtecknade i dagboken. Först präntade hon varje ny mening på lösa ark blåtonat papper, sedan blev alltsammans kalligrafiskt överfört i en massiv inbunden skrivbok med silverspänne. För att tillfredsställa en av sina fantasinycker använde hon dessutom en äkta gåsfjäder, som utsökt nyanserade artonhundratalshandskriften. Under skrivandets gång, och utan att ta notis om mig, brukade moster mumla att hon kunde höra min omättade läshunger flämta. Jag satt på golvet fördjupad i min lektyr. Och till synes utan att bekymra sig om mig medan hon gick upp i sin syssla, lät moster undslippa sig att hon själv hade läst samma berättelse med lika stor spänning; men det bästa måste man alltid själv dikta till, först då tycks allt foga sig efter ens önskan, med alla faror som det medför.

En enda gång beträdde jag moster Henriettes sängkammare. Det hängde inga porträtt på väggarna, som i rummen där vi sov. Där fanns ingen vattenkaraff (med en inslipad stjärna på botten!) och inget glas att läppja på om hon plötsligt skulle vakna upp mitt i natten. Och de gulglänsande bambumöblerna tycktes inte stå på sina vanliga platser, eftersom alltsammans gjorde samma overkliga intryck som i ett sjukrum då den som man tänkt besöka är spårlöst borta.

Inne i rummets mörkaste vrå lyfte moster på en sjal som täckte över en bastant låda med glasväggar. Mina nerver blev genast kittlade av en stickande odör, men av blygsel vågade jag inte utan vidare fly ut ur rummet och förevisa min avsmak. Jag dröjde kvar i dörröppningen och försökte bemästra vämjelsen. Men moster gav mig ett spotskt ögonkast som bad mig stänga dörren och stilla kliva närmare.

Vid första anblicken kunde man inte upptäcka annat än en torr och brunlortig bortruttnade koka inuti glaslådan.

Jag hade redan fått höra så många "sanningar", om både goda och mindre goda gärningar och om rättframhet kontra lögn. På söndagarna, efter att vi trätt fram till det heliga bordet, satt moster Theodora och väntade då vi kom hem till mormor. Suktande efter föda, likt utsvultna vargungar, stod vi kusiner sida vid sida och stela som vaxdockor bakom var sin stol, medan moster tog sin högtidliga runda och önskade oss "lycka till" med ett slappt handslag eftersom vi hade gått i nattvarden. Först därefter fick vi sätta oss ned. Det varma kaffet hälldes upp och frukosten tog sin början. Ömsom bredvid och ömsom mitt emot varandra hade alla återfunnit sitt egen blodsrättsliga stycke mark under fötterna. Jag kunde räkna händer och huvuden, om och om igen och utan att ta miste, så som man räknar skålar, tallrikar och äggkoppar. Var och en av oss hade sitt osynliga ryggstöd i härkomsten, föräldrarnas vakande vålnader som krävde "rättvisa", och oräkneliga generationer jämte förgreningar stod redo att förekomma minsta förfördelning. Det hade ingen inverkan på vad vi lika fullt noterade hos varandra, vi satt stela till bords under propra umgängesformer där den ene artigt räckte över brödet och smöret till den andre.

Tills jag plötsligt en dag, i glaslådan inne i mosters rum,

upptäckte en myrkoloni besatt av iver som skräckinjagande uppenbarade sitt raseri. Upp ur en avgrundslik vildmark, genom skåror och sprickor, skyndade en kryllande ohyra, där somliga höll ett utsuget kadaver mellan käkarnas gifttänger. Fyra tunna glasväggar var allt som skilde oss åt från den sjudande vreden. Men moster Henriette for allt mer häftigt med en fjädrande pinne genom myrhopen som blivit störd i sin frid. Hela horder skockade sig samman, begivna på blodig kamp. Men moster ansåg sig förmer, hon var den ouppnåeliga som egenrådigt styrde den lilla världens öde. ”Så här många smådjävlar var i färd med att sluka oss inifrån”, viskade hon skadeglatt, ”hur ska vi då inte lyckas stå emot de andra som enbart går till anfall utifrån!” Hon tog fram ett förstoringsglas för att kunna njuta än mer intensivt av tumultet. Efter en stund trycktes det stadigt i min hand: ty jag måste själv beskåda hur ondskefulla dessa kryp hade skapats till att kunna hata oss. Och medan jag fylld av fasa stod där och såg på nöp mosters utmärglade feberfingrar om min styva nacke, möjligen för att dämpa min upprördhet.

Som om hon tills vidare hade skrivit av sig och nått ned till botten av allt som rörde sig inom henne, tog moster Henriette fysiskt bedrövad och utmattad och slog sig ned vid min sida på golvet. Nålarna som höll upp frisyren stod i begrepp att ge vika, när som helst kunde knuten lösas upp och det tunga hårsvallet begrava mig. Med oändlig omsorg började hon klippa mina naglar: hon rensade finger efter finger, och jag njöt av att stillatigande utstå smärtan från den lilla träspateln då nagelränderna pressades tillbaka och halvmånen trädde fram på tummen.

Plötsligt, utan minsta förklaring, bad hon mig stå upp. Tillsammans lämnade vi hennes sovrum. En doft av grundvatten och dödsbäddar svävade emot oss, den steg upp från källarvalven. Som om moster förde bort mig till en okänd plats, till den dyrbaraste vrån av hennes inbillning bortom räckhåll för alla, tryckte hon mitt huvud tätt intill sig med handflatan. Så skred vi fram genom den långa vestibulen, ut i det fria, och klev nedför trappstegen. Mina ögon täcktes över av fingrarna på hennes högerhand, och strax skymtade jag genom slutna lock ett mjölkaktigt sken som från det ihåliga alabasterklotet på pendylen (en sjuttonhundratalsraritet), där det brann en oljelampa. Utgjorde den lagrade värmen i innanmätet drivkraften som fick klotet att snurra runt en osynlig axel och satte det i rörelse? Alabastertavlan var försedd med guldsiffror. Vid spetsen på den uppresta pilen skred, mellan siffrorna, minutstrecken förbi i sakta mak. På den tiden en sjuklig gosse: var det en smärtstillande brygd som förvillade och gjorde mig drömsk? I fantasin förvandlades långsamt pendylens genomlysta klot till en nymåne fritt svävande i rummet, förutsatt att jag lydigt låg varmt nedbäddad och kryade på mig.

Under moster Henriettes fingrar, genom mina slutna ögonlock, trängde ett ljussken vars ursprung inte låter sig beskrivas. Jag följde fogligt vid mosters sida. Plötsligt, då jag på intet vis var förberedd, blev jag lämnad åt mitt öde. Hon skyndade bort från mig. Hon försvann in bland barrträden.

När jag slog upp ögonen och såg mig vilset om, var det som om den del av parken där jag vistades hade förvandlats till en blankvit ödslighet.

Efter lång väntan dunsade något, möjligen en liten sten, till marken helt nära intill. Det gick inte att finna där det låg. Utan närmare eftertanke letade jag spontant efter något att kasta riktigt långt, och träffade på en avbruten gren. Och på nytt, alldeles i närheten, föll det ned något som jag var måltavla för. Under tiden hade moster Henriette gett ifrån sig ett egendomligt ljud, som när ugglor hörs klaga i nattmörkret. Ytterligare ett antal gånger lät hon på samma vis, men då allt mer fjärran, som från ett annat landskap än det där jag befann mig, från ett fabellikt område med ändlösa tystade ängar och långsamma floder.

En timme senare satt hon åter och skrev i sin dagbok.

Nere på trappan stod moster Theodora och matade de utsvultna måsarna som kom flygande långt inåt land om vintrarna. En i sänder, med en häftig armrörelse, kastades brödsmulorna upp i luften. Måsarna störtade sig över dem kvickt som blixten. Ett vimmel av vilda, vita vingar som till synes planlöst trängde varandra åt sidan fick det att se ut som om himlen brast i skärvor. Där mitt i det glupska, skriande fågeltumultet stod moster Theodora som deras jämlike.

Jag vände mig bort från fönstret. Jag var med moster Henriette uppe på hennes rum. Hon hade slutat skriva. I raskt tempo började hon ljudligt rabbla ord efter ord. Och allt både snabbare och högre fick jag, utan samband, höra ord, ord, som efter hand nådde klimax, inte längre uttalades utan i stället ekade likt ett djuriskt vrål. Hon stödde med armbågarna mot skrivbordet, med ena foten på en stolspinne. Inte ett enda ord förmådde göra henne själv närvarande. Hon sparkade ifrån sig stolen. Den for i väggen. Den röda boken med silverspännet föll till golvet med en duns. De blå pappersarken fladdrade runt i rummet, som om de föll av moster Henriettes gestalt likt när ett murket träd tappar sina blad. Det syntes hur musklerna krampartat drog sig samman för att kränga ut "det" ur hela hennes väsen. Fönsterdörren ut mot balkongen kastade hon upp på vid gavel innan hon klev ut, fram till balustraden som hon fattade om med bägge händerna. Där upphävde moster ett skrik.

Sedan föll hon till ro, vilket jag inte hade förväntat mig.

Under skrivandet hade jag hört henne belåtet mumla ett ord, som hon upprepade ett antal gånger och om och om igen smakade på för att få känna av dess bitterhet. I mina öron lät det ytterst vanligt, ett alldagligt ord, inte alls ägnat att vålla en människa så ofattbara kval.

V

När jag på ett tröstlöst internat borta i Kempen, hos Monsieur Harpignies, skulle teckna av ett litet litograferat bergslandskap, låg det helt utom min föreställningsförmåga. Där fanns inte den ringaste mänsklig intimitet att knyta an till. Hemma kunde jag rita av såväl insekter som växter, när jag med sprittande glädje kunde skönja spår av moster Henriettes uppenbarelse. Hon kliver in i rummet med en högrest spröd blomsterstjälk mellan fingrarna. Då genast vill jag fånga själva inträdesögonblicket i några lediga, träffsäkra blyertsstreck. Men då tecknar jag tålmodigt och omständligt, och ser noggrannheten i mitt arbete som en exakt avstämd dissekering där jag tränger in mot kärnan av mitt eget väsen. Och på så vis, då det ena råkar i strid med det andra, är jag dömd att misslyckas med det som jag vill åstadkomma spontant. Jag får lust att snyfta ut min vanmakt mot mosters arm. Men till det yttre sitter jag lugnt kvar och glor, stolt och med febrigt huvud. "Din lilla stolle", säger moster, och då låter de orden så mycket mänskligare än ur moster Theodoras mun. Innan jag tillåts börja teckna måste jag både länge och väl skärskåda de små blombladen. Moster Henriette slår sig ned mitt emot, på andra sidan bordet. Hennes hand vilar på en liten boktrave eller en helt vanlig cigarrlåda som, inte vet jag varför, får mig att tänka på morianer och malajiska segelfartyg. Hon håller orubbligt blomstjälken mellan de spetsiga fingertopparna, som om allt i den stundande tystnaden skulle närma sig den onämnbara blickstillheten. Ju längre jag kisar mot ritförlagan, desto skarpare framträder den: där syns en knappt skönjbar skälvning. Och sedan är det mosters röst som får mig att övervinna tvekan och för ett ögonblick bryter den andlösa spänningen. Som om hon hade läst mina tankar, säger hon långsamt och med eftertryck åt mig att teckna av och göra just denna skälvning utläsbar, allt övrigt är av föga intresse.

Efter blott några minuter kände jag på mig att Monsieur Harpignies var oförmögen att tänka i träffsäkra former och avslipade konturer; då han tecknade lade han all sin möda på en onervös och fjunig vekhet, för att uppnå samma *velouté* som hos en persika. Han verkade helt enkelt inte begripa vad en *skriven* linje kan innefatta, eller, som faster Henriette brukade säga, att samvetets handskrift måste framgå.

En gosse stod bredvid mig och tecknade ett öra. Gipsförlagan hade ställs upp mot en mörk bakgrund, i ett besynnerligt jämnt ljusfall uppifrån snarlikt det som föll in genom ett snett takfönster hemma på vinden. I *le pavillon de dessin* antog den gott och väl halvmeterhöga teckningsmodellen överdrivet monstruösa proportioner, som trotsade alla rimliga förväntningar. Moster Theodora hade lärt mig att det mänskliga örat är en outsägligt sprödsträngad harpa. Jag tryckte örat mot dörren under en svår novemberstorm, och det ristande knarret från takbjälklaget kunde höras, liksom skälvningarna i lantgodsets grundvalar. Mormor satt försjunken i sina gamla funderingar, utan att ana vad jag åhörde med mitt vässade inre. Den flyktiga, susande ödsligheten i min hjärna sköljde runt möblerna och hela den av ålderdom märkta kvinnans massivt påpälsade svarta gestalt, som, möjligen i blott en sekund av svaghet, försökte avvärja sitt annalkande slut genom barnets närvaro. Hade jag inte själv sett henne för ett kort ögonblick höja händerna från sitt sköte och locka på mig? Och när jag tryckte örat mot kroppen täckt av alla dessa plagg, hördes då inte än intensivare mullret från detta nödvärn, som ett förebud om den ofärd som hotar att bli vår undergång?

Monsieur Harpignies trodde uppenbarligen att ritförlagan övergick min förmåga, eftersom jag inte skred till verket. Han muttrade något i det lilla askgrå skägget, som runt munnen blivit missfärgat efter att han möjligen hade druckit av någon gul vätska. Han riktade sitt magra pekfinger mot min med nöd och näppe påbörjade teckning, där märktes en obeveklig skälvning och den utomordentligt långa nageln hördes rispa över papperet. Han smackade på något, där inte minsta bismak fick gå förlorad. Några läppar gick knappt att skönja runt den tandlösa munnen, utom emellanåt en klarrosa underläpp så snart han slutade smacka och i stället andades ut i långa blåspuffar, som om han återhämtade sig efter att ha rökt en stark piptobak. För var gång hann jag räkna exakt till tio. Och då plötsligt upphörde gnagandet och slöt sig ögonen av trötthet, som om det skedde något inom Monsieur Harpignies vars allt kringmalande verkan han undergick som förstenad. Efteråt klistrades ett vitt och mjukt otyg, en långsmal och platt "mask" mot underläppen, och på samma gång kunde man kika rakt in i munhålan. Nu hann jag räkna till gott och väl tjugofem innan han slog upp ögonen och med fet och belagd tunga slickade i sig otyget.

Dagar i ända kunde ingen världslig makt sätta mig i arbete. Jag lyckades inte övervinna alla inre motstånd, även om fantasin förblev lika obehindrat rörlig i alla riktningar. Utan nämnvärd ansträngning lyckades jag omfatta varje ytterlighet hos en varseblivning, känsla eller tanke med en klar och samvetsgrann ande. Men viljan mäktade inte med att *kreativt* tränga igenom den tillfälliga slappheten.

Medan jag stod där och iakttog gipsörat såg jag för min inre syn moster Theodoras lilla öra, där det sedan en tid tillbaka frodades en mörk och hårig växtlighet. Och förunderligt nog började hon framstå som än mer vördnadsbjudande i takt med att lomhördheten tilltog. För att framtvinga respekt stödde hon sig på en promenadkäpp i ebenholts med elfenbenskrycka. Från och med nu följde hon mormors exempel och klädde sig i svart med ett sidensnöre runt midjan där en nyckel hängde och dinglade. Emellanåt kunde nyckeln försvinna in bland kjolvecken, och när hon satt ned låg den intill henne nere på golvet, som för att låsa upp ett gravvalv. En efter en skulle våra förfäder uppstiga ur döden och under extatiska åtbörder ropa mot oss: ”Se själva, hur bokstavligen allt ligger i hennes makt, vårt förflutna, våra drömmar.” På kvällarna måste pigan klippa bort hårstrån med en spinkig, fågelnäbbsliknande sax, varpå varenda liten tuss hamnade i det lilla silveraskfatet. Möjligen utan att tänka på saken råkade moster Henriette droppa en rykande cigarrettfimp i askfatet, och strax hördes ett torrt knastrande från det svedda håret som om själva den förtärande oron stod i brand. Numera såg man jämt och ständigt moster Theodora sätta kopparhörluren mot först sitt högra och sedan sitt vänstra döva öra redan innan våra läppar hunnit röra sig, men på bägge sidorna gick lika litet att uppfatta av våra tankars förbränningsprocess.

Av och till hade blodet dragit sig tillbaka från moster Theodoras fingrar: hon förevisade mig dem och sade med en obeveklig stolthet som efter en mödosamt inhöstad seger, mildare än man hade kunnat förvänta sig av henne: ”De är redan döda, Elias.” Hon kände ingen kyla, hon var inte betryckt. Livet flöt ut ur henne, men hon kunde inte säga varthän det rann. Då återstod bara det syrliga grinet och den tonlösa dödingsrösten som kunde ge oss en vink, om att hon inte visste var hon hade gjort av sitt liv, trots att allt som tilldragit sig under årens lopp stod klart och tydligt för henne. Lika fullt gick hon bit för bit miste om livet, för gott, men numera vållade det inte längre någon smärta.

”Det är enkelt om du inte blir uppskrämd av slutnotan. Hör du ännu min röst, Elias?” vänder hon sig i nästan saklig ton till systersonen, som försöker begripa mer än vad som är möjligt vid hans ålder och vad han önskar.

Hon visar sitt missnöje när jag nickar. Hon blir mindre välvillig, när rösten ännu tycks nå mig från halvdöden. Sedan håller hon fram fingrarna, de kalvinistiskt kyska händerna som aldrig någonsin har låtit sig besudlas. Hon lyfter batistnäsduken, den som hon brukar bära så länge städningen pågår, från sin silvergrå hjässa. Hon betraktar mig med oförhöljd missaktning, då jag förgäves anstränger mig att inte låta min vämjelse skina igenom.

Och jag börjar fråga mig själv: kan en människa *se* hur döden smyger sig in genom fingertopparna, då huden bleknar och till slut blir helt färglös? Och om man i själva verket, som tydligen i moster Theodoras fall, kan varsebli detta insmygande, varför då maktlöst bara åse det och vidmakthålla det omätliga avståndet mellan de fjärrstirrande ögonen och den rent fysiska förnimmelsen av fingrarna, som har mist känseln och inte visar minsta tecken på uppror?

I en spontan våg av medkänsla grep jag tag i båda moster Theodoras händer. Huden på utsidan täcktes av små vissnande bruna fläckar, snarlikt som när man ser spåren av kvävningsdöden i papperet hos gamla böcker. Stelheten och kylan hos fingrarna, som inte bjöd något motstånd, gjorde mig rysligt förlägen. Hon hade ju inte själv bett mig att fatta stadigt om händerna, och lika fullt hade jag gjort det trots att jag borde ha hållit ett respektfullt avstånd till en åldrad blodsförvant, som i alla avseenden ville vara mig förmer. Ändå lät hon mig hållas en stund. Greppet blev mindre fast. Mosters högerhand gled sakta ifrån mig. Den steg uppåt ur drömmarnas rike, för att jag skulle hedra den med en avskedskyss.

Där jag satt över mina skrivuppgifter, kastade jag en sidoblick mot vitrinskåpet med de uppstoppade fåglarna. I ständigt samma pose höll pilgrimsfalkar och sparvhökar, kärrhökar och ormvråkar, nötskrikor och hornugglor vingarna utslagna. Glaspupillerna skådade inte in i något fjärran, inte mot hedar och skogar eller borgtorn och kyrkor. De fernissade klorna satt som fastgjutna i bytet, som upphört att vara byte, så vanställt och utan stridbart krampartat liv att det med nöd och näppe dög till att avbilda skrämmande rovgirighet och blodtörst.

Moster Theodora knyckte hastigt på nacken och riktade spänt blicken mot något som gjorde sig redo att hämndlystet ta hennes fåfänga i besittning. Men det befann sig genast någon annanstans i rummet, än här, än där, utan att finna något fäste. Det vilade inte. Det tycktes inte ha något som helst mål i sikte. Det svävade bärnstensskimrande ovanför fotogenlampan, innan det plötsligt gick förlorat bland väggarnas mörka fläckar. Det skapade en atmosfär av spänning och rastlöshet, en inte med visshet bestämbar, handfallen stillhet där såväl fantasins som hänförelsens yttersta förgreningar låg och väntade. Det flög hål i alla hörn och vrår av vårt fängelse, och kom ständigt tillbaka genom nya hål för att förvissa oss om dess övermakt. Varma vingar tycktes stryka mot våra hjässor och for åstad på nytt. Och så snart vi försökte oskadliggöra det, snubblade vi över kullfallna stolar och piedestaler medan axlar och armar täcktes av invirvlande snöflingor.

Nu hängde ljuskronan och vaggade lojt över bordet med böcker och skrivdon i oreda. Ty så snart den bruna nattfjärilen låtit sig infångas, var det som om sprödheten utgjorde ett skydd. När jag äntligen lyckats få fatt i den skyndade jag upprymt in i salongen. Den var min egen. Jag kände den skälva av skräck mot handflatorna, som bildade en rund håla där den nu satt fängslad. Sedan blev det alldeles tyst, och jag trodde mig redan ha förlorat den. Men om och om igen väcktes vingklappret till liv, så att den gav sig till känna. I pianot, i strängarnas susande heliga gemak, släppte jag den fri. Jag rörde vid tangenterna, fantasin drev mig därhän. Ty nu kanske stunden var kommen, för min egen takt, min egen melodi, mitt eget oväntade och skiftande ackord att veckla ut sig ur något tryckande och enträget outsägbart. Och jag önskade inget mer än att få lyssna till rösten som jag hade hört i mitt inre och som hur ivrigt jag än talade vägrade *ljuda.*

VI

Sedan gick Elias slott upp i rök. Ingenstans på jorden kan man finna en liknande häckplats, en som man undflyr fylld av hopp och dit man återvänder besviken, där den hjälplöst lilla sorgen triumferar som en allt mer vittförgrenad förtvivlan och där man får betala allt med sin själ.

Så mycket jag lärde mig där, och så djupt jag både levde och led. Under långa vinterkvällar, då hon satt invid lampan, brukade moster Henriette lyfta upp stora torkade eklöv ur ett skrin som spred en unken doft. På vart och ett av löven stod en versrad penseltecknad med en fosforescerande vätska, och oavsett i vilken ordning man sedan staplade löven och läste föddes ett litet fulländat poem. Man kunde åstadkomma ständigt nya kombinationer, för var gång gick poemet ut och för var gång bildades ett nytt. Varje höst fogades nya löv till samlingen. Det skulle fortgå så länge moster Henriette var i livet. Allt längre och mer invecklade poem skulle erhålla sitt eget förlopp, en början och ett slut, så plågsamt slutet och nära nog tigande och där en smärta som på intet vis gick att förklara satt sammanpressad.

Fotogenlampan släcktes, och först nu tycktes höstlöven sprida sin tankfulla doft för gott. Än här, på en kommod, en stol eller i alla fyra hörnen av bordduken, och än där, fastnaglade med tunna nålar på de fördragna fönsterdraperierna, mot rummets släta väggar eller prasslande uppför dörren, såg vi oss omringade från alla håll av talande "tecken". Det var som om suckar, från skilda epoker av mosters liv, nu blivit nedtecknade i evighetens bok för att samfällt ge uttryck åt en enda ihållande vädjan: en oinfriad önskan om att undfägnas en strålning av den pina som hädanefter skulle göra allting godtagbart och uthärdligt. Ty oaktat sina radikala, ofta skarpa och alltför stora ord som vidhöll motsatsen, fortsatte moster Henriette tro på lyckan. Liksom fåglarna då de ensamma håller utkik från en svart trädtopp, kunde hon plötsligt överge redet för att sväva ut i vida cirklar i sitt drömda landskap över en klunga skrinnande barn. Emellanåt kunde det hända att en eller annan av hennes vidskepelser eller försumligheter, något av hennes kravfyllda, till hälften extatiska och hälften liknöjda själ uppdagades för yttervärlden; hur skulle hon ha kunnat hålla fast vid dessa dagliga vanor som förenade mina föräldrar? Både ofta och länge blev hon så hänvisad till sig själv att ledan gjorde henne sjuk, men lika fullt ställde hon sig avog till ömhetsbetygelser eller något som helst visat intresse för hennes person.

Så här många år senare är jag den förste, och ensam om, att minnas moster Henriette så. Det skulle ju ha räckt med ett enda glädjeämne, en enda tillfredställelse till kropp och själ, för att hälsosamt lösa upp alla spänningar i hennes väsen. Varken i stort eller smått var man beredd att godta hennes envetna sanningar. Hon var den av ödet hårt drabbade, den redan på förhand obeaktade, den ständigt sjuka och enträget avvisade som aldrig lyckades belägga sin ”verklighet” hur mycket hon än bemödade sig och iakttog självtukt. Att hon – i likhet med så många andra – förde dagbok kom sig mer av att hon önskade förvissa sig om sina obrukade och sparade krafter än att hon ville bli lättad från eller avlasta sig en inre plåga genom ändlösa monologer. Ty vad vi skriver ”står nedtecknat på väggen i en grotta, och vad som ursprungligen lades in i det skrivna återfinns aldrig av läsaren”. Efter att ha yttrat dessa ord tryckte hon ett hårt föremål i min hand. ”Håll den i ett stadigt grepp”, befallde hon, medan mina fingrar viljelöst slöt sig om en tärning som fått sin värme från hennes hand. Och moster tvingade mig tro att det var tomheten som höll fast den, på samma vis som vi själva hålls fast av tomheten.

Nu förde hon mig med sig, från det ena lövet till det andra. Och långsamt, medan vi samlar in löven, passerar vi förbi alla möbler som kantar vår väg och tycks vilja erbjuda sörjande varelser sitt stöd. Skimrande gröna lever bokstäverna sitt liv i mörkret. En efter en, vädjande skyggt, mumlas versraderna fram av moster Henriette, och sedan av mig. Vi hör musik. Våra hjärtan börjar svälla. Vi njuter av en svindlande, salig känsla. Men ingenstans kommer vi till ro. Jag har så mycket dyrbart jag vill säga. ”Lyssna på mig”, vill jag bönfalla. Men ständigt på nytt tycks något vilja fly sin kos så snart jag ömsint söker ringa in det.

Fotogenlampan (vars sken inte har sin like i våra dagar) tändes på nytt. Och för att lampkupan inte skulle spricka av att plötsligt hettas upp, skruvades veken ett stycke i taget. Steg för steg väcktes det gyllene sagofeskimret till liv: moster Henriette blev den samma som förr, och därmed också en helt annan, eftersom jag just hade påträffat henne i en förtvivlan som kvävde alla tårar. Men på den tiden brydde jag mig mindre om att luska ut varför en sjuklig, hyperskör och – intelligent kvinna fortsatte treva längsmed gränserna för sin själsförmåga. När moster sade sig känna "ett inre tvång att skriva med tårarna", gick det vid min ålder näppeligen att finna någon förklaring till hennes sorgliga vanföreställning. Hos enstaka diktare på främmande språk, som jag omsider kom att utnämna till förebilder, har jag återfunnit samma smärtsamma insikt, i och med att de med sin skrift täcker insidan av en urna och den teckenfyllda väggen hålls upprätt av tomheten utanför. Men vad kunde väl jag begripa den gången? Jag blev helt enkelt tjusad av moster Henriettes lynniga fantasi, jag övervarade hennes sorgsna försök att "trolla". I övrigt fanns där sannerligen inte mycket att bry sina tankar med.

"Nå", uppfordrade hon mig vänligt, som om hon ville sätta Elias på prov och undrade om han låtit sig imponeras av hennes tämligen gåtfulla förehavanden. Jag blev svaret skyldig.

Det blev aldrig annorlunda.

Jag var förtrogen med orörligheten hos en blomkruka,

och den blev desto mer beklämmande när krukan låg i skärvor på en humusrik och sällan beträdd utmark. Jag var förtrogen med tystnaden hos plantan som jag skärskådade timmar i ända för att se den växa till sig. Tystnaden i det fuktljumma växthuset var skrämmande; där odlade man upp en vinstock vars rötter vattnades med oxblod. Redan i tidig barndom blev jag lockad och drabbad i själen av orörligheten och den envisa hårdheten, det sammanpressade och med blotta ögat ogenomträngliga hos första bästa stenbumling. Och jag förväntade mig av människor att de skulle visa vördnad för orörligheten som omgav mig, vilket visade sig vara en naiv förhoppning.

På lantegendomen, kväll efter kväll och vid ett och samma klockslag, hördes visslan från det fjärran lokomotivet ända hem till oss. Medan jag ägnade mig åt läxorna kastade jag förstulna blickar mot moster Henriette för att förvissa mig om att hon var kvar. Jag såg henne sitta mitt emot, på andra sidan bordet, iförd en flärdfri vattengrön engelsk sidenblus med tunn herrslips runt den höga och styva vita kragen. Jag kunde föreställa mig henne var som helst: på resa kors och tvärs, över ett vilt bergspass i Apenninerna, för hundrafemtio år sedan inuti en diligens; jag såg henne övernatta på ett förfallet italienskt *albergo*, i sällskap med en stilig änkefru och de faderlösa barnen till en utarmad lord; jag såg henne uppsköljd av stormen på en obebodd ö, med utslaget vått hår. Genom de romantiska trägravyrerna i fars biblioteksböcker hade jag stiftat bekantskap med allehanda föreställningar som barn i min ålder sällan hört talas om: Villeneuves *Vattenfall i Rhônedalen*, Hardings *Val St. Nicolas* och Prouts *Sibylletemplet i Tivoli*; jag kände till skogar i aftonsol, kapell invid sjöstränder och medeltida klosterkyrkoruiner med viftande gröna tuvor ovanpå brutna valvbågar, där jag själv ville sitta och betrakta de betande getterna och herden med sin skalmeja.

Under tiden fortsatte jag att utåt sett helt oberört, fridfullt och inte sporrad av någon som helst ambition betrakta ett helt alldagligt föremål: en tändsticksask, en linjal, ett bläckhorn – och då blev tydligt förnimbara ting till *enkom för mig.*

Samma sak hade inträffat tidigare. Då klippte jag ut ett förråd med stjärnor ur blått omslagspapper, som träddes upp på en koppartråd. Tråden spändes mellan balkongen och en ek. Kvällsvinden fattade tag i stjärnorna som gled undan i mörkret, viftande eller i en enda bekymmerslös och obehindrad färd. Efter hand uppstod avtalade möten. Men jag lyckades inte ge gestalt åt alla vänliga andar som kallade mig till den äldsta grenen i sitt heliga träd för att tillbringa natten i deras sällskap.

Handen vilade ovanpå det uppslagna häftet, jag hade inte skrivit på en lång stund. Jag såg månskenet leka med de snödräktiga molnbankarna. Jag rusade genom parken, skyndade så snabbt jag kunde i den välgörande friska luften, ända ned till bäcken som mynnar ut i dammen. Där började jag irra runt. Liksom i fjol vintras, på Valkenburgstraat, föll snön över mina bara händer. Flinga efter flinga lade sig fridfullt till ro, men alla fick inte bara smälta och försvinna utan att lämna kvar ett bestående avtryck. Åtminstone en måste jag bevara osmält, den skulle förbli min egen och rista en med nöd och näppe skönjbar skåra i handflatan. Den skulle aldrig överge mig. Förr eller senare skulle moster Henriette uttyda skåran och uppenbara dess löfte eller tvingande spådom, som mor mot sin vilja kommer att åtlyda. Jag skyndar mig att fånga just den snöflinga som avgör min lycka eller olycka. Jag vill tolka dess runskrift. Men så snart jag vidrör den blir jag tomhänt på nytt, och alla flingor som samfällt täcker marken genmäler varken kärleksfulla eller illasinnade beröringar.

Strax uppenbarar sig ett annat, besynnerligt slott, in i minsta detalj helt snarlikt "vårt", det där jag inte känner mig lycklig. I båda ändarna av skiffertaket reser sig en massiv sjuttonhundratalsskorsten med koppargrön hätta, där snön inte får något fäste. Samtliga fönster gapar på vid gavel ut mot natten, för att fånga in stora förskrämda fåglar i de oupplysta kammarhålorna. Och medan jag hejdar stegen slår jag vitt ut med armarna, för att genast ta en lång glidflykt.

Jag ser fyra kraftigt byggda karlar kliva nedför trappan med en spegel som är så ofantlig att den täcker en hel vägg. Då de gör en långsam sidorörelse fångar spegeln snett samtliga parkens träd som om de sveptes omkull av en häftig vindstöt. Ständigt nya flyttdrängar dyker upp med monumentala brottstycken av särplockade antika möbler, övertäckta med ståtliga baldakiner och laxfärgade sammetsgardiner som släpar i den snöklädda marken, och bronsstatyetter föreställande nakna kvinnor som bär upp morgon- eller aftonstjärnan insvepta i bäddlakan. Ingen tycks ta notis om mig. Utan rast och ro, oförtröttligt, kliver de ut genom samtliga dörrar som vetter mot vestibulen med var sin börda över axlarna. I en andlös tystnad bärs klädskåp och bäddsängar ned från övervåningen utan minsta slammer. Höga travar med prydligt vikta sängkläder, hoprullade mattor som små tempelkolonner och alla med ohöljd pietet bevarade sidencylinderhattar, jacketter, promenadkäppar och paraplyer med knoppar i elfenben eller silver från morfars dagar bärs ut likt troféer och radas upp kors och tvärs invid trädstammar.

Jag skyndar mig in. Men moster Theodora har inte lagt märke till något särskilt, trots att hon kväll efter kväll beger sig ut på husesyn före läggdags. Hon har en liten kopparlykta, som ständigt står och lyser inne på hennes rum med en stilig låga stor som en mandelnöt. Moster Theodora blev aldrig någonsin rädd. Hon avskydde människor. Hennes enträgna grubblerier gick ut på att finna en till synes godtagbar grund för sin retliga bortvändhet från oss alla. På samma sätt som trädgårdsmästaren ständigt fick en och samma fråga, nämligen om man inte glömde bort att betala hans lön i förra veckan, trots att hon visste att allt därvidlag var helt i sin ordning, satte moster både andra och sig själv på prov. *Hon* behövde sannerligen inte bekymra sig om *vår* trädgårdsmästare.

När moster Theodora kom och bodde hos oss, brukade hon kväll efter kväll före läggdags ta en runda upp till vindskontoren och leta efter undangömda skurkar. Så snart en dörr kastades igen kunde vi där nere höra slamret. I varenda dörröppning frågade hon högt och ljudligt, med en utmanande och uppfordrande stämma som inte tolererade något mothugg, om det fanns "någon" där. Hon tog inte med sig något annat försvarsvapen än en helt vanlig stallykta. Men i motsats till moster Henriette i sin självbedövning hoppades hon inte kunna stilla några hemliga önskningar; hon lockade fram den "sanning" som hon själv fann ren och passande, och blott och bart hennes egen fick såväl bygga upp som rasera världen. Därför förväntade hon sig under dessa kvällsrundor aldrig annat svar än ekot av sin egen röst. Inte ens i yttersta nödfall skulle hon ha godtagit annat, även om halsstarrigheten hade försatt henne i livsfara. Med tiden blev hon allt djärvare, vare sig för att få oss andra att ta bladet från munnen eller slå oss med häpnad; och då kunde vi höra henne kliva ned i källarvalven, som om hon suktade efter ett möte med inkräktare eller spöken att tillrättavisa. Hon var mån om att bli fruktad.

Som liten gosse, så snart jag befann mig någonstans med vildvuxen flora eller spindelväv och i blindo rakt ut i luften frågade om *någon* vistades i min närhet, brukade jag alltid få svar. När frågor väller upp från själva samvetet, kommer även svaren inifrån. Och alla dessa ting som jag med möda lyckades föra ut i ljuset inifrån mig själv, måste jag dessutom benämna. Men varje enskilt och unikt namn kunde endast väckas till liv genom ett enskilt och unikt födslovrål.

Moster Theodora irrade oavlåtligt runt mellan gemaken, stödd på sin promenadkäpp, skinntorr, sävlig och knarrande av självrespekt, som om hon vore kallad till domstolen i en drömvärld. Vem skulle vara den förste att fördrivas från sitt arvegods? Jag hörde fars hånfulla stämma då han lämnade ett svar. Han befann sig ännu i blomman av sin mandom, iklädd uppknäppt lång arbetsrock med läderbälte runt midjan. Hans rättframma utläggningar fyllde husets invånare med revolutionära, illavarslande framtidsperspektiv, och han fick utstå gemena attacker från mostrarna. Men han tappade inte modet, utan resonerade lugnt och rättrådigt vidare. Min fantasi fylldes med idel kättarbål omgivna av sjungande munkar. Åtskilliga kvällar satt far nämligen och läste i en bok med kusliga teckningar av Félicien Rops. Vid varje ny bild lutade jag mig i förskräckelsen mot den betryggande kroppsvärmen medan jag darrande av indignation åhörde hans utläggningar.

Några veckor senare, då moster Theodora förhörde mig på en läxa om den spanska inkvisitionsepoken, fick hon ta emot *hans* benhårda övertygelse ur *min* mun, att man "i Kristi namn hellre borde ha räddat dessa stackare ur elden än att lymmelaktigt sjunga dem fulla med kyrkolatin".

Mer högljutt än rösten under normala omständigheter var mäktig skrek jag in mosters döva öra. Varför blev jag jämt och ständigt pådyvlad våra allt rikare grannar som ointressant föredöme? Varför måste man stimulera min lärogirighet med förment lönsamma framtidsutsikter? Vad menade hon mellan raderna? Att jag som i hennes ögon privilegierad måste stålsättas för att kunna värja mig mot den griplystna massan? Även moster Henriette varnade mig för myrskockens ondskedfullhet, men i hennes fall rörde det sig om defensiva omsorger för att skydda mitt sinnelags sårbara subtiliteter mot oförmodat tillfogade törnar. Mitt förstånd räckte inte riktigt till för att följa någons råd.

Aldrig någonsin lyckades moster Theodora fånga in en undangömd skurk med låga avsikter i någon av kamrarna. Hos både föräldrarna och hemma hos mormor och moster Henriette kunde det emellanåt hända att lyktan räcktes över till mig när hon återvände till salongen efter sin nattliga spaning. När jag tänkte blåsa ut ljuset, lade moster sin lediga hand på min hjässa och tvingade mig med ut i vestibulen och uppför trappan till övervåningen. Hon gjorde sig ingen ro. Jag blev tvungen att följa med när hon återupptog sin långa, fåfänga spaning. Medan jag höll jämna steg och lyckades iaktta henne från sidan, varför räknade jag då de klotformade knapparna i blusen och fick dem till sju? De var inte längre några vanliga knappar. De tycktes stiga ut inifrån henne själv, spira från den platta överkroppen, likt stockande hartstårar från barken på en tallstam. Dörr efter dörr kastades upp, med den lysande lyktan i min näve skickades jag in i vartenda gemak som för att förebygga ett angrepp på mosters fåfänga. Hon hade samlat på sig så många meningslösa trygghetsfaktorer i ett liv utan mening. Hon ansatte mig för att få reda på om jag strängt åtlydde mina gudstjänstplikter, om jag avstod från kött på fredag, varför jag hade blivit hemsänd från internatet och om jag inte i själva verket var segare än mitt bräckliga tillstånd lät ana. Jag blev hånfullt påmind om alla rikliga gåvor jag mottog. Jag bar alltför dyra skor och kostymer, spetskrage, guldklocka, tänka sig bara! *Hon* skulle tukta mig, *hon* hade krävt både ett och annat som mina föräldrar ställt sig kallsinniga till.

Takstuckaturen i salongen svävade likt en allt mer vildvuxen synd över våra huvuden: djupt utmejslade rosor och putade lövverk, där fåglarna kunde bygga bo med sin avkomma. Där såg man ofta städerskorna feja med svampar på böjliga baststänger, så högt de nu nådde. De fick inte sluta förrän moster gav sitt klartecken. Aldrig någonsin riktade hon en ödmjuk blick uppåt; aldrig fann hon någonstans en stor eller liten skuld nedtecknad. Hon spanade efter gryende damm- eller spindelväv; det var först när små guldflarn virvlade ned från taket som hon oroade sig och samlade upp dem i sin kupade hand.

Plötsligt tyckte sig moster Theodora höra pip från förskrämda fågelungar under det överdådiga taket; vingarna klapprade förgäves då man försökte lyfta från redet. Under tiden kunde vi inte röra en fot utan att kristallremmarna i vitrinskåpet skålade vänligt med varandra. Men då misstänkte moster att jag utförde ett trick som far hade lärt mig för att reta henne. Hon ansåg sig kunna läsa bakom min panna, vartenda dugg som jag inte önskade läst av henne. Och när hon misstroget såg mig rakt i ögonen, visste jag inte längs vilka dystra eller muntra kanaler det ängsliga fågelpipet trängde in i mosters själ. Ty en vanmäktig klagan i naturen fyllde henne med en skälvande skadeglädje, där hon uppenbarligen hämtade ny kraft för att kuva sin egen levnadskramp. Då grinade hon belåtet åt att det var endast människan förunnat att villkorslöst underkasta sig visheten i en högre bestämmelse. Både djur och djävlar var dömda att föra en utsiktslös kamp mot lidandet. Det kom an på oss själva om vi räknades till samma låga kreatursslag. "Just det har jag alltid präntat in i dig, Elias, inte sant?", triumferade hon med en käppstöt i golvet.

Jag skuttade bort till dörren som vetter ut mot vestibulen och slog upp den på vid gavel, fast besluten att bryta ned mosters stolthet över plundringsspektaklet.

Besynnerligt nog syntes inget annat än den blanka, skarpa ödsligheten hos marmorplattorna som täckte golvet. Ingen fanns kvar. Smält snö smetade mot golvet där jag hade klivit med smutsiga skor. Moster tänkte genast på trasor och andra städattiraljer för att sudda bort fläckarna. Oaktat den sena timmen ryckte hon vresig av otålighet flera gånger i sidenklocksnöret för att kalla på Martina, vår tjänsteflicka; men hon uppenbarade sig aldrig.

Moster Henriette satt orubblig mitt emot mig vid bordet och läste sin bok. Min hand vilade på skrivhäftet; bladen var ännu oskrivna då moster Theodora böjde sig över min axel för att kontrollera hur långt jag hade hunnit med mina *devoirs*. Inuti huvudet gungade en tung svamp, indränkt med en het och frätande vätska, men jag var inte medveten om att jag så pass länge hade gråtit i tysthet.

Nu, i den nattliga ödslighet där vi befann oss, kunde en vämjeligt uppsvullen hand beväpnad med en passare träda fram ur lövverket i taket. Moster Theodora hade kanske önskat att en cirkel skulle tecknas för att omringa oss. Allt som befann sig utanför den skulle givetvis framstå som en fientligt sinnad lättja. Och utan att invänta mina reaktioner, med förnäm men inte alltför ljudlig stämma, läste hon högtidligt förmanande – och med Elias i åtanke! – mottot då de döda manar de levande, *Crescens ad mortem*, som stod skrivet med feta bokstäver på spiselmanteln, under sabelvapenskölden med de tre silvermånskärorna.

VII

En gammalt ingrott begär att framåt skymningen viska fram det osynliga fick mig att mer och mer undvika de utstakade vägarna.

Hela omgivningen i den för allmänheten tillgängliga parken Ter Rivieren – växter som förstenade under den genomskinliga isen på den tillfrusna dammen, en med romantisk finkänsla anlagd bokallé där kråkornas kraxande gick förlorat – allt detta välbekanta från förr i tiden på vår egen lantegendom, hjälpte mig att i en svidande grubbelsjuk självbetraktelse återfinna riktningen tillbaka till barndomen. Jag fick syn på ett äkta slott, med infällda fönsterluckor, vitblekta av vintern. Och då jag med spänd uppmärksamhet betraktade den både länge och väl, blev bilden av ett djupt och outrotligt svårmod genom den inre förnimmelsen förvandlad till sinnebilden av en lika djup och outrotlig tankegång. Dessa förfäders lantgods är sannerligen andliga vistelseorter på vår jord. Där kan man spinna vidare på den kreativa ensamhetens insikter och i nästa ögonblick vara på väg att utröna även de minsta tingens skapande hemlighet.

För varje steg jag tog knarrade snön under sulorna. Ojämnheterna var utsuddade. Det tjänade inget till att gömma sig. Lungorna andades djupt, på ett sätt som de en längre tid inte hade kunnat. Jag kände mig stark nog att tillryggalägga långa avstånd. Men innan jag vann gehör för alla undertryckta önskemål i någon varm vrå av fantasin, måste först alla minnesbilder, känslor och föraningar under utomordentliga själskval tillskansa sig en stämma snarlik naturens egen.

Trots att det just i närheten inte föll några spridda oroväckande skuggor som ett varsel om en dold *avgrunds* existens, och trots att slätten låg vid och bred framför mig, drevs jag av en inre röst att kasta mig utför från en höjd. Tvånget var så pockande att jag vacklade till av yrsel. Vid sinnesförvillelsens yttersta spets, rent instinktivt och eggad av en starkare livsvilja, sträckte jag ut min hand mot en svart och taggig buske. Taggarna gick att räkna en i sänder och var mattröda till färgen som näbben hos en död fågel. Samtidigt som jag avsiktligt skar mina fingertoppar på de vassa uddarna för att förvissa mig om att jag var klarvaken hängde jag, i vad jag upplevde som flera sekunder, kvar över ett djup *inom mig själv.* Men den förnimmelsen kunde jag utan vidare tillskriva det faktum att jag var förbi av trötthet, annat var inte möjligt. Jag hade överskattat min uthållighetsförmåga. Det kunde ha blivit vinter för evigt.

Men då dröjde det inte länge förrän viljestyrkan drog samman vad som återstod av min förmåga att drömma. ”Hys ingen fruktan”, genljöd hela min hjärna. Jag hade ju åtlytt ett begär att låta gamla förväntningar från fordom flyta samman med framtida önskemål. Om och om igen upprepade jag högt och ljudligt orden som jag just hade uppfattat inne i huvudet, och som rättframt uttalade i själva verket inte var mina egna trots att de strömmade ut ur min mun. De hade ingjutit mig mod då de träffade mig rakt i hjärtat, då min arm hade blottlagts av sjuksystern på lasarettet; på andra sidan sängen gjorde sig doktorn redo att, med hjälp av en på konstgjord väg frammanad kris, förlösa mig från en ständigt återkommande oro. Utan minsta tvekan, i en känsla av tacksamhet, hade jag accepterat detta okända där jag omsorgsfullt blev nedsänkt i och med att vetenskapen skred till verket. ”Hys ingen fruktan”, upprepade jag i spjuveraktigt samförstånd hennes ord när väl injektionen började verka. Den vitklädda gestalten vid min sida hade redan börjat blekna till en vålnad. Nära nog förstrött vidrörde någon min handled för att meddela att sjukbehandlingen följde det gängse förloppet. De båda slokande spetsarna på hennes hätta hade just fått mig att tänka på en svan. Och i utkanten av medvetandet spände jag mig till det yttersta för att hörbart uttala ordet ”svan”, som ett tecken på att jag kände mig trygg inför vad som stundade.

Den bilden har inte lämnat mig. Jag vaknade upp under ett kyligt firmament, under en strålande kallhet av ljus och sten. Svanen drev inte omkring på vattnet. Mellan de utfällda vingarna fanns en rymlig håla, med en röd sammetsklädd bänk allra längst in. Ty jag kände genast igen karossen till en släde, formad till en svan ur Lohengrinlegenden, liknande den som finns bevarad på folklivsmuseet i Antwerpen. En söndag när jag var liten pojke och vi besökte museet, lyfte far upp mig i den; jag fattade ett krampaktigt tag om bänken och höll blicken fäst på honom, hänförd och samtidigt en liten smula rädd satt jag spikrak i ryggen utan att röra en fena. Men den här gången upptäckte jag hästen med sin långa man och yviga svans som stod förspänd. En färd utan ände tog vid, längs en väg som tycktes belyst nedifrån de djupaste marklagren. Den bar inte löfte om mer än så – *och jag var ett barn.*

"Hys ingen fruktan", ljöd det på min vänstra sida, "hys ingen fruktan", upprepade en röst på min högra. Både till vänster och till höger blev jag varse en hand, som muntert snappade efter de virvlande snöflingorna. Nu släppte jag taget om bänken för att även jag få min beskärda del av snön. Men mina båda händer stannade rofyllt kvar under vattnet, där något varmt strömmade mellan fingrarna, och jag kunde inte lyfta upp dem. Ty det var inte vatten. Det var liljor som slöt sina läppar om mina fingrar. Och det var inga blomvass. Det kunde vara händer som mina egna, och de i sin tur överlät sig ljuvt åt dessa främmande händers omsorger.

Och medan vi, utan brådska, gled allt längre hädan, uppfattade jag plötsligt hur mitt eget fickurverk tickade. En gång under kvällsvarden på internatet hade man tömt ett vattenglas i bröstfickan på min blus för att pinas. Därefter stannade uret för gott, kugghjulen hade lidit obotlig skada, och ingen enda urmakare lyckades återställa klockan i dess forna skick.

Jag räckte över uret till vänster, och sedan till höger, och på bägge sidorna tryckte man det för några sekunder till örat för att förvissa sig om *tickandet.*

På min högra sida började mors hand skrumpna inuti min egen. Hon kändes som flätad hampväv; hon blev lika gammal som tempelruiner i en öken, helt utan vikt, likt porös pimpsten som guppar på vattnet. Feber och dödlighet hade förtärt henne. Hon utstrålade inte längre någon värme, hon lät mig inte känna någon kyla. En gång älskade jag henne högre än vad ord förmår utsäga.

På vänster sida hade en ung hand dröjt kvar i min. Tunna, nervöst sprödsträngade små rotskott sökte tränga in i handflatan. Och lika tunna, rastlösa små rotskott sökte inifrån min egen hand efter porerna i en främmande hud för att haka sig fast och dricka av de stärkande safterna.

Allt fann till slut sin lösning. Jag hade ännu inte slagit upp ögonen. Jag hörde redan tickandet från armbandsuret vid min sida. Våra vägar ligger öppna; inget går att ändra. Jag hade inte hyst någon fruktan. Och som om sjuksystern hade följt med på slädfärden, längs slott insvepta i lågor, ödelagda parker med kalkvita statyer och ylande varghundar, och kom ihåg mycket mer än den bråkdel som jag själv kunde dra mig till minnes, försökte jag i görligaste mån skämta bort hela tilldragelsen. Men jag kände mig svag, och orden som jag ville viska lyckades jag inte ens redigt uttala.

Med pennan till papperet, nu när jag ska belägga hur för min del ringa det viktiga och tvärtom viktigt det allra ringaste är, tycks jag med ens så fattig på ägodelar. En enda kort mening, där häftigt längtansfyllda decennier av min levnad ligger och pyr, är allt jag har kvar. Blommornas färg- och formmysterium: uppstår det ovan eller under jord? Jag har funnit världen så kall och ogästvänlig. Och detta som jag dristar mig att kalla mitt "inre" är en begränsad rymd. Det "yttre" tycks öppna sig åt alla håll. Men om detta "yttre" vet jag redan allt; det är övervunnet. Där får jag inte förtiga ens den ringaste sanning, nu när jag har gett mig in på en allomfattande uppenbarelse. Jag har oskyddad tvingats korsa otaliga övergångar mellan sömn och vaka. Att godta allt är att inte ha några ägodelar kvar. Då man tror på allt tar otron sin början. Och gång efter annan och med samma flammande förväntan, men ständigt förgäves, hoppas jag få möta alla dem som håller av mig i det egna, inre hörda, inre nödvändiga ordet, så som både *deras* tysta stolthet och *min* tysta stolthet önskar.

VIII

Med en kvist, som hade fallit ned ur kråkbo, ritade jag lekfulla runtecken i nysnön. Med några stegs mellanrum upprepade jag mitt gossaktiga påhitt, medan snöflingorna drömde likt tystnaden själv, i luften, överallt omkring mig. Jag böjde mig så ofta och så djupt mot marken att jag blev yr i huvudet. Trots att jag varken den första eller den andra gången hade vågat skriva några läsbara bokstäver, blev jag varm inombords av tillfredsställelsen i att ha anförtrott min mest särpräglade sinnesrörelse åt vinternätterna som inte ser någon ände.

Vid mors grav hade det räckt att tänka högt: att jag stod i begrepp att ta emot de kommande åren som en enda stor gläntande förväntan. Jag ville bege mig vart som helst dit det inte är möjligt att komma; ivern tycktes inte längre gå att betvinga. Men jag hann knappt lämna kyrkogården och plötsligt bli ensam med mig själv, förrän ett slags klagande förundran väcktes till liv: varför hade dåtidens blott drömda omfamningar gäckat alla försök att, i grund och botten och äntligen till slut, uppnå det Ogripbara? Allting tycks obegränsat när jag väl känner mig redo att ge det ett uttryck, men lika fullt *är* allting begränsat. Och där det inre hörda ordet vägrar övergå i det febrigt nedtecknade ordet, tycks det avhållna i drömmen motsätta sig varje form av uppenbarelse. Som moster Henriette hade för vana, utan att medvetet ta henne till föredöme, och i ett lika djuriskt missnöje med mig själv, upphävde jag ett skri och var övertygad om att ett nytt och dyrbart namn hade skallat.

Men i motsats till alla de gånger som jag hade kallat på far, föddes detta skri i fruktan. Efteråt fick bokstäverna, fridfullt och till synes självmant, under min skrivande hand ett inbördes utläsbart samband. Med ena foten skrapade jag i sär alltsammans. Ett enkelt kvinnonamn låg djupt i en bädd av snöflingor, övertäckt, och hädanefter utom räckhåll för ett mänskligt öga.

Som vanlig, uppmärksam vandrare befann jag mig i ett snölandskap. Endast mina gelikar kunde nå fram till det. Alla rötter sov. Och vem kunde ha förstått vilket inre tillstånd jag dvaldes i, som inte likaså och med okuvlig morskhet måste inhösta *sin seger* över det evigt smärtande? Jag kunde bokstavligen ha tagit adjö av världen. Något ljuvligt måste inträffa *inom* mig innan jag fann det *yttre* ljuvligt. Ty något måste outgrundligt, växtlikt mångfaldigas i såväl känslor som tankar innan några spår av en mångfald gick att skönja eller namnge i naturen. Åtskilliga en gång påbörjade ting längtade jag inte längre efter att få fullborda. Aldrig mer skulle jag skriva några dikter. Jag gör det jag kan och lika fullt eftersträvar jag något bättre. Alla försök att nå det perfekta innefattar en summa outförda dåd i vanmakt. Och denna längtan efter något bättre erfar jag som ett bittert tvivel, eftersom jag inte håller till godo med enbart det drömda.

Jag gör mitt bästa att förlika mig med den vetskapen. Ty som mittpunkten i mina minnen och bekännelser står och består endast och allenast jag själv. På nämnda plats kommer jag all kärlek till trots att leva och till fullo brinna upp, tills det inte återstår minsta spår av askan.

Jag knep åt om järnbroräcket med bägge händerna. Dammen låg tillfrusen; inget flytande syntes till i vare sig när eller fjärran. Levande varelser skymtade jag ingenstans.

Håret börjar gråsprängas invid tinningarna.

Översättarens kommentar

Maurice Gilliams skrev på vattnet och ristade i snön. Hans livsverk – som utgör en tät helhet, oavsett genrebeteckning: poesi, essäer, betraktelser, fiktionsprosa – blev aldrig avslutat, och nyutgåvor innebar omarbetningar av tidigare offentliggjorda arbeten. Gilliams är på samma gång självundersökande bekännande och my(s)tifierande. Hans efterlämnade papper fyller åtskilliga hyllmeter på Letterenhuis, litteraturmuseet i Antwerpen; såväl en textkritiskt vetenskaplig verkutgåva som Annette Portegies länge aviserade författarbiografi låter vänta på sig.

En särställning intas av den starkt självbiografiska cykeln – ordet "romansvit" känns inte riktigt tillämpbart – om Elias Lasalle. Den inleds med sju korta noveller eller förstudier, som 1933 trycktes i en mycket begränsad upplaga under titeln *Oefentocht in het luchtledige* ("Övningar i tomma luften"). 1936 följde den första, senare förkastade och förkortade, versionen av hans mest berömda bok, den hypersensibla barndomsskildringen *Elias eller Kampen med näktergalarna.*

Redan i början av fyrtiotalet, inför nyutgåvan av "näktergalsromanen" där scenen med huvudpersonens död nu är struken, börjar Gilliams arbeta på ett antal fortsättningsvolymer: *Elseneur of het noodweer der spreeuwen* ("Kronborg eller Stararnas nödvärn") – om Elias år på internatskolan i Kempen – och *Gregoria of een huwelijk op Elseneur* ("Gregoria eller En vigsel på Kronborg") – om bröllopsresan som inleder det korta, katastrofala och "vita" äktenskapet. Båda titlarna namnger slottet i Helsingör, vilket markerar Elias som en tvivelsjuk Hamletfigur ("vara eller inte vara"). Endast korta fragment av de båda verken publicerades under författarens livstid, trots att han vid flera tillfällen lät meddela att de låg mer eller mindre klara att ges ut.

Gilliams ansåg endast den fjärde delen i Elias-cykeln, *Om vintern i Antwerpen* (tillkommen mellan 1946 och 1952), fullt redo att möta läsarpubliken. Ursprungsversionen i en upplaga på 1 000 exemplar utkom 1953 på det lilla förlaget Colibrant i flamländska Lier. I författarens samlade verk, den drygt tusensidiga volymen *Vita brevis* från 1984, återges den bitvis kraftigt bearbetade text som ligger till grund för den svenska översättningen.

P.H.